AF398992

Sissel Almgren

En skatas memoarer

Jag minns strukturen som en gång var mitt hem. När jag drömmer ser jag ännu dess rutor och färger, dess solskärvor och guldtoppar, dess sträckor och plattor och underbara vinklar. Där bor alla mina minnen fortfarande kvar.

Strukturen var min vän när jag var ensam. Den bjöd på söta bär och feta bollar, och fickor och fack under alla tak. Där fanns torra högar att sprätta i och höga torn att sitta på. Där fanns klara himlar och våta dagar. Gröna somrar och vita vintrar.

Nu har jag flyttat till skogen, och jag har det bra här. Men alla mina minnen bor fortfarande kvar i strukturen.

En dag ska jag berätta alla mina minnen.

Jag minns mina syskon Rita, Rut och Sako. Vi växte upp i samma bo, i toppen av en vit björk. En gång var björken och boet hela min värld. Rita, Rut och Sako var de enda skator jag kände, förutom vår far och mor som kom med mat åt oss under korta stunder.

Jag lärde mig mycket om världen redan innan jag sett den. Den feta daggmasken som min far kom med lärde mig något om den svarta myllan. Det smala grodben som min mor kom med lärde mig om det porlande vattnet. En sländas frasande vingar berättade om luftens lätthet. Jag lärde mig med tungan innan jag lärde mig med ögonen.

En dag slog jag upp mina ögon och såg himlen titta ner på mig som ett stort blått öga. Det var som om vi fick syn på varandra samtidigt.

Mina systrar hette Rita och Rut. Själv fick jag namnet Rilka. Vår bror hette Sako.

Rut var snabb i allt hon gjorde, och Rita var långsam. Jag och Sako gjorde allt tillsammans, för vi var i samma takt. Vi lärde oss samtidigt att flyga, glida och dyka bland trädgrenarna. Vi lärde oss att hitta mat varhelst den gömde sig. Våra föräldrar visade oss hur man gjorde.

Vår mamma och pappa lärde oss också att akta. "Stanna i buskarna" ropade de ofta. "Göm er bakom knuten!"

De ville nog vara på den säkra sidan, trots att det kvarter vi växte upp i inte hade särskilt många farligheter. Vi hade nästan bara snälla långapor och inte så många bullrare, och den gamla rödräven som kurade i sin håla vågade sig aldrig på någonting med oss. Han var rädd för skator och ville inte bli dragen i svansen.

Jag och mina syskon kläcktes på våren. Först visste vi inget annat än dripp och dropp och kalla klara dagar. Under sommaren lärde vi oss att flyga, och att ta för oss av allt som sommaren bjöd på.

När hösten kom var vi redan stora med långa starka flygfjädrar. Saker som vi nyss funnit svåra var inte längre svåra för oss. Vi kunde ligga på en vindpust och vila utan att flaxa med vingarna, och vi kunde landa på smala kvistar utan att snava. Till och med långsamma Rita klarade av att hitta en och annan mask på egen hand.

Då sa vår mor till oss att vi kunde allt vi behövde. Hon sa att vi skulle ta hjälp av våra äldre syskon och kusiner, och deras kusiner och vänner. Vår mor och far var tvungna att planera för nästa kull. Boet skulle tätas och förbättras för de nya ungarna som skulle komma sen.

Rut var inte rädd för vintern. Hon drömde redan om att lägga egna ägg. Vår mor och far blev glada när de fick höra det, och tog henne med sig för att spana efter nya boplatser. När de var ute och flög träffade de på en annan ung skata som var lika präktig som Rut. Han hette Kurt.

Jag och Sako såg till att gömma oss noga, för vi visste vad de äldre skatorna skulle säga.

"Titta på Rut och Kurt", skulle de säga. "Inte ens ett år, och snart har de ett eget bo och egna ungar. Är det inte fantastiskt med Rut och Kurt?"

Jag och Sako hade redan sett Rut och Kurt, så vi behövde inte titta.

Vintern gjorde det svårare att hitta mat, för snön lade sig ovanpå alla matställen och dolde dem. Maskarna sov djupt i jorden och småsurrorna sov i sina sprickor. Men jag och Sako lärde oss snart att föda oss. Dessutom gick det lättare när vi bestämde oss för att dela på allt. När vi hittade något att äta delade vi det med varandra, men vi var noga med att inte säga något till Rut. Då skulle hon bara roffa åt sig som hon alltid gjorde.

En vinterdag hittade jag och Sako ett hemligt ställe vid en vägg, där varmluft blåste ut. Där fanns en hel fläck där snön hade smält och där gräset var grönt, och där maskar och gråsuggor vaknade till liv i värmen.

Vi åt och mumsade av allt som fanns i jorden. Då såg den kloka skatan fader Calibri oss. "Det är en bra plats ni har hittat", sa han. "Varför har ni inte visat den för er syster?"

"Den där präktiga skatan Kurt kan väl visa henne sina platser", sa jag. "Det är väl inte vår sak att göra."

Men fader Calibri syftade inte på Rut. Han menade vår syster Rita. Hon gick ensam och hungrade, berättade han för oss.

Efter den dagen var jag och Sako noga med att alltid hjälpa Rita. Vi berättade för henne allt vi visste. "Där under stubben finns ett litet bo med sorkungar", sa vi. "Och två kvarter bort hänger feta bollar i träden, men akta dig för långaporna."

Rita följde oss glatt och åt av maten vi visade henne till.

"Nästa gång är det kanske du som hittar någonting.", sa jag och Sako. "Då kan du visa oss i stället."

Jag och Sako hittade lika många matställen som vi kunde dela med varandra, men Rita hittade aldrig något.

"Typiskt Rita", sa vi när hon inte hörde. Vi visste att det här skulle hända. Det var därför vi inte hade velat dela med oss till Rita från början. Vi var unga då, och inte lika kloka som fader Calibri.

På våren hittade vi Rita under samma björk som vi vuxit upp i. Det var som om hon fallit rakt ner ur boet och aldrig levt.

Vi höll en minnesdag för henne, och alla skator i kvarteret fick gå fram och säga något snällt. Alla sa nästan samma sak. De sa att hon var en snäll skata som aldrig bråkat eller kivats. Aldrig hade de sett henne busa eller dra harar i svansen utan anledning. Aldrig hade hon pickat någon i ögonen eller stulit.

Några dagar senare talade ingen längre om henne. De skator som koms ihåg blir ju ofta kända just på grund av bus och hyss. Hade Rita varit en busig skata hade vi kunnat prata om henne i flera år. Då hade vi kunnat säga: "kommer ni ihåg när hon drog den där haren i svansen?"

Ändå minns jag henne fortfarande. Men jag vet knappt vad det är med henne som jag minns. Kanske är det något med rösten.

Rut lade sju ägg den våren. Hon och Kurt hade tagit över boet i björken där vi alla kläcktes bara ett år tidigare, eftersom våra föräldrar flyttat till ett nytt och bättre bo.

Jag och Sako satt ofta på staketet och såg upp mot den knoppande kronan. Vi tyckte att det var fånigt med så många ägg när det redan fanns så gott om skator. Vi tyckte att det var fånigt när skatflickor och skatpojkar dansade för oss och visade sina fjädrar. Framför allt tyckte vi att det var för mycket ståhej kring björken, där Rita nyss hade legat kall och död. Vi var kanske inte alltid de bästa syskonen mot henne, men vi hedrade henne i alla fall i döden.

Så gick det för mina systrar Rita och Rut. Den ena hamnade långt nere på marken under björken medan den andra hamnade högt uppe i dess topp. Nu ska jag berätta hur det gick för min bror Sako.

Det var hela två år senare. Det var också på våren. En märklig dag då molnen drev snabbt.

Det kom en skata till oss som hette Hektor. Han kom från den nordöstra delen av strukturen. ”Jag har flugit över Stentorget”, sa han. ”Där säljer de korv med bröd och goda ostar, och det finns gott om boplatser i lindallén. Vem vill flytta dit med mig?”

Vi tyckte att det lät märkligt. Om det var så bra att bo där borde det redan vara fullt av skator.

Nej, inga skator bodde på Stentorget, för där var fullt av skrikmåsar, berättade Hektor. Han förklarade att han letade efter modiga skator som kunde hjälpa honom att driva skrikmåsarna på flykt, så att skator kunde slå sig ner i lugn och ro. Han frågade oss vilka som var modiga nog att följa honom.

Fader Calibri sa att torget inte var någon plats för oss. Smulor och spill är mat för grådaskor. Och varför slåss med skrikmåsar när det redan finns så många platser där skrikmåsarna inte är? Dessutom gick det ingen nöd på oss när det gällde maten.

Alla skator lyssnade på fader Calibri, men han bestämde inte över oss. Sako lockades av Hektors ord. Kanske var det äventyret som lockade mest, för Sako har aldrig varit riktigt förtjust i korv. Själv ruvade jag på fyra ägg och kunde inte ta mig någonstans. Jag ville inte överge min make Vide som var god mot mig, och jag hade fortfarande så mycket jag ville fråga fader Calibri om. Jag bad Sako att han skulle stanna hos oss, men det ville han inte. Han sa att vi fick komma och hälsa på så fort de lyckats få bort skrikmåsarna.

Sedan flög de, Sako och Hektor. De flög högt uppe bland de drivande molnen. Det var inte den sista gången jag såg min bror, men det var då jag förlorade honom.

Jag tänker ibland på mina syskon, både Rita, Rut och Sako, och jag önskar att jag kunde träffa dem igen. Av oss fyra som kläcktes i boet i björken den där våren är jag den enda som finns kvar. Så är det när man är en så gammal skata som jag.

Jag minns Raggan. Hon var en storkråka som bodde bland tallarna på den stora allmänningen. Alla skator var nog lite rädda för henne, för hon hade för vana att morra och kraxa om någon kom för nära. Hon höll sig ofta ensam, som kråkor gör mest, och pratade sällan med någon. Om en skata hade hittat något att äta hände det ofta att Raggan slog sig ner bredvid. Då lämnade vi vägen fri för henne, och tänkte inte mer på den munsbit vi var tvungna att överge. Hon var så pass mycket större än vi att vi inte vågade annat.

Raggan kunde också vara tjyvaktig. Vi kom ofta på henne med att vara och rota i våra förråd. Men det hände också att skator som tjyvat i någon annans förråd ibland skyllde på Raggan. Det var så lätt att göra eftersom alla visste att hon varit framme förut. Själv försökte jag undvika det eftersom fader Calibri sagt att det var orätt att skylla ifrån sig.

Varje gång vi höll rådslag var det alltid någon av de yngre skatorna som föreslog att vi skulle skrämma bort Raggan från allmänningen en gång för alla. Det hade varit en lätt sak, för trots att hon var större än vi var vi många fler. Men de äldre skatorna, som mindes gamla tider, sa att vi inte kunde göra så. Utan Raggan hade många av oss yngre skator inte funnits sa de. Vi unga skator förstod inte vad de menade, så de förklarade för oss.

En gång fanns det en liten skatflicka som hette Scilla, berättade de. Hon tyckte om att gå omkring för sig själv i jordgubbslandet. Hennes föräldrar trodde att hon var säker inne på gården, för där hade ingen dödsfågel setts till på åratal. Ingen av skatorna i kvarteret hade ens sett en dödsfågel. Så Scilla gick omkring på sitt håll medan de andra skatorna var någon annanstans.

Då plötsligt, från klar himmel, svepte en ljudlös skugga. Den kom så snabbt att ingen knappt ens han uppfatta den. Dödsfågeln hade spanat på Scilla länge, men ingen hade sett dödsfågeln.

Nu dök den så snabbt mot Scilla, men snabbare ändå var Raggan. Ingen visste ens att hon var där. Med fara för sitt liv gick hon emellan dödsfågeln och dess byte. Hon visade ingen rädsla för stålklorna som försökte gripa efter henne, och som alla visste var oförmögna att släppa när de väl fått grepp. Orädd pickade hon dödsfågeln rakt i de gula ögonen tills den gav upp och flydde. Sedan den dagen har ingen sett till den.

Skatflickan Scilla visste nog knappt vad som hände. Hon fortsatte obekymrad sin vandring i jordgubbslandet. Sedan växte hon upp och fick egna ungar. Sedan växte hennes ungar upp och fick egna ungar, och vi unga skator i kvarteret var hennes barnbarn och barnbarnsbarn.

Någon gång dog Scilla, men ingen kom ihåg hur det faktiskt hände. Alla visste bara att hon inte dog den där särskilda dagen. Alla visste att hon inte blev en tuss av blod och fjädrar och dödsfågelns mat. Hon överlevde, och det var tack vare Raggan.

Jag hörde ofta de äldre skatorna tala om Scilla, och jag tänkte på henne ibland. Det kändes så märkligt att tänka på att hon blivit vuxen och byggt bon och ruvat på ägg. När jag föreställde mig henne såg jag alltid framför mig en liten skatflicka, som obekymrad och nyfiken vandrar sin egen väg, för långt från resten av flocken. Varje gång jag såg Raggan tänkte jag på Scilla.

Jag och Sako umgicks ofta med våra kusiner Kritt och Kaj och Silja. Ingen av oss hade egna ungar vid den tiden. Vi var unga och fria, och rörde oss planlöst för att se vad som var på gång. Då fick vi höra att Raggan hade varit framme och rotat i Rut och Kurts förråd, och att Rut och Kurt hade kraxat tillbaka mot henne.

Fader Calibri tyckte inte att det var bra. Han sa att alla skator i kvarteret måste hålla sig väl med

Raggan. Kanske var det hon som höll dödsfåglarna borta. Om hon flyttade vågade de kanske visa sig igen. Dessutom måste vi visa vår tacksamhet för vad Raggan hade gjort. Vi fick aldrig glömma att vi inte hade funnits utan henne.

Jag och Sako och våra kusiner tog då på oss att visa Raggan vår välvilja. Vi bestämde oss för att alltid ge henne rikligt med gåvor, så att hon skulle veta att vi skator fortfarande tyckte om henne. Vi gjorde det som en god gärning för alla skator i området. Men vi gjorde det nog också för att vi tyckte att det var lite spännande när Raggan kraxade åt oss när vi kom för nära.

Det var också roligt att leta efter bra presenter. Med tiden blev vi ganska duktiga på det. Vi hittade glada papper och fina pinnar och allt möjligt trevligt, och vi gömde oss för att se på när Raggan tog emot det vi lämnade åt henne.

Vi gömde oss nog inte särskilt bra. Jag tror att hon märkte att vi var där. Hon tackade oss aldrig för gåvorna, men jag såg att hon sparade allt hon fått av oss i sitt bo.

Jag minns gräsankan som vi hjälpte nere vid ån. Det var en sommardag då det hade regnat väl och länge. Det hade slutat regna, och gräset var mycket vått. Vi hade ätit oss mätta på maskar och snäckor, men vi hade det förfärligt långtråkigt.

Vi satt uppflugna på ett tak och funderade. Det var jag och Sako och våra kusiner Kritt och Kaj och Silja. Grumme var också med den dagen minns jag. Han var en liten och klen skata som vi umgicks med mycket den sommaren. Han tillhörde egentligen en annan flock, men han bodde hos oss en tid eftersom hans egna vänner inte var särskilt snälla mot honom. När hösten kom senare det året flyttade han tillbaka till sin gamla flock igen.

Vi satt där och klagade över hur tråkigt vi hade det. Alla andra var upptagna med sina ungar, och det fanns ingenting att göra. Så vi började fundera tillsammans på vad vi kunde hitta på en så regntung och trist dag. Grumme föreslog det ena efter det andra. Han var bra på att hitta på roliga upptåg, och hans idéer blev värre och värre tills vi skrockade av skratt. Grumme var för liten och klen för att klara hälften av det han föreslog. Han roade oss bara med sina förslag för att vi skulle slippa ha så tråkigt.

"Jag vet vad vi kan göra", sa Grumme, efter att ha gått igenom många märkliga idéer. "Gräsankorna har ju ungar nu, och när det är vått på marken brukar de lära sina ungar hur man bökar med näbben i gräset. Då är de lättare för oss att komma åt."

Vi skrattade och bad honom berätta hela planen. Han förklarade i detalj hur vi skulle flyga ner till ån, sedan skulle vi sätta oss i ett träd och spana. När ankmamman kom med sin rad av ungar skulle vi rikta in oss på den sista i raden. Vi skulle se till att den kom ifrån de andra, sedan skulle vi tillsammans döda den med näbben. Efter det skulle vi hjälpas åt att plocka den. Sedan hade vi något gott att dela på tillsammans.

Vi kände oss inte direkt sugna på ett sådant mål eftersom vi hade magarna fulla av mask. Men själva planen lät kul som lek och sport. Det krävdes samarbete och noggrann planering för att lyckas med det som Grumme föreslagit, och det var alltid roligt att planera. Så vi satt där på taket och turades om att göra tillägg till planen tills den blev mer och mer invecklad.

Till slut tröttnade vi på att sitta på taket. Men vi hade mycket av dagen kvar, och vi hade fortfarande tråkigt.

"Äsch", sa Kritt. "Vi gör det!"

Först förstod vi inte vad han menade. Sedan trodde vi att han inte menade allvar. Samtidigt ville vi inte vara sämre, så när Kritt inte sa något annat flög vi helt enkelt ner till ån. Den som såg mest förskräckt ut av alla var Grumme. Han hade nog aldrig trott att vi skulle ta hans plan på så stort allvar. Själv var han alltför klen för att slåss med gräsankor. Ändå följde han oss.

När vi kom till ån satte vi oss först i ett av träden för att spana. Det var en al vars grenar hängde ner i vattnet och speglade sig i strömmen. Vi hoppades alla på att ingen gräsanka skulle komma. Till en början kom heller ingen. Vi satt ändå kvar, för ingen ville vara den som avbröt leken.

Efter en stund såg vi en gräsanka som kom simmande bakom kröken, och när hon hunnit en bit såg vi att hon hade en rad av grå ungar efter sig. Först låtsades vi alla som om vi inte såg henne, men när hon och hennes ungar kom alldeles nära blev det fånigt att låtsas.

"De är i alla fall i vattnet", sa jag. "Så länge de är i vattnet kan vi inte ta dem".

Men gräsankor förstår inte skators språk särskilt bra. Den bruna ankmamman simmade mot stranden där hon vaggade upp med sin grå rad av ungar efter sig. Utan att se sig om började hon visa dem hur man bökar med näbben i gräset, och ungarna följde hennes exempel.

"Vad gör vi nu", frågade Sako.

"Vi måste fortsätta spana", sa jag. Gräsankorna bökade längre och längre ifrån oss, och vi flaxade efter dem till en närmare utkiksplats. Jag vet inte hur länge vi bara satt och spanade på dem. Jag vet inte hur länge vi följde dem från träd till träd. De bara bökade och bökade. "Möp möp", sa mamman. "Möp möp", svarade ungarna.

Då såg vi plötsligt en hel flock av gräsankor som kom flygande i sträck.

"De har sett oss", sa jag. "Nu är de säkert mycket arga på oss." Jag tänkte att de måste ha förstått varför vi satt där och lurade i trädet. Vi kom inte för oss att fly med ens, utan satt kvar och såg dem närma sig.

Men då hände något märkligt. I stället för att fortsätta mot oss dök de i stället ner mot ankmamman som vaggade i gräset. Snart såg vi henne inte längre för alla vingar och gröna huvuden. Deras många halsar vred sig som ormar i en enda röra. De grå ungarna bröt sin raka linje och trippade härs och tvärs.

Med gemensam styrka tvingade hanarna ankmamman tillbaka ner i vattnet. Sedan lade de sig alla över henne och tyngde ner henne under ytan. Vi såg henne vrida och kämpa med halsen för att få luft, men någon var ständigt där med näbben och tvingade ner hennes huvud igen.

Vi satt kvar som förlamade på grenen. Ingen av oss förstod vad som hände. Vi såg ner på de grå ungarna som irrade ensamma. De hade varit så lätta för oss att ta. Vi hade kunnat äta hela högen om vi hade velat. Men ingen av oss var egentligen sugen på ankunge.

”Vi sticker”, sa Grumme.

”Nej”, sa jag. ”Vi måste stanna och hjälpa henne.”

De andra ville inte slåss mot så stora fåglar. De såg inte vilket syfte det hade för oss.

”Vi kom inte hit för att vi hungrade.” sa jag. ”Vi kom hit för att ta en av ungarna som en lek eller sport. Är det inte en bättre sport att hjälpa mamman?”

De andra höll med mig, och vi planerade attacken samtidigt som vi gick till angrepp. Vi gick på dem en i taget och gav oss inte förrän de en efter en fått nog. Vi drog i gröna fjädrar och bet i långa halsar. Snart var de på väg därifrån igen, baktunga och tröga i starten som gräsankor alltid är.

Det var bara Grumme som inte var med i striden. Han var alltför liten och klen för bråk och hade satt sig högst uppe i trädet. Han kom ner först när hanarna var borta och mamman åter hade samlat sina ungar omkring sig.

"Tack skator", sa gräsankan. "Utan er hade de dränkt mig."

Vi hade aldrig hört en gräsanka tala till oss så förut. De är inte lätta att kommunicera med, men det går om det behövs.

Vi frågade varför de gjort så mot henne. Hon berättade att de var ensamma hanar som inte lyckats hitta någon fru under våren. De samlades i flockar och gav sig på ensamma mammor med ungar när de minst anade det. Om de var tillräckligt många blev det farligt, för då drunknade man under deras tyngd.

Detta var det märkligaste vi någonsin hade hört, så vi var tvungna att diskutera det sinsemellan. Ingen av oss hade någon make eller maka, och ändå skulle vi aldrig drömma om att ge oss på någon annan skata med våld. Vi visste inte ens hur något sådant skulle gå till.

"Har man ingen egen boplats får man roa sig med något annat i ett år", sa Kaj. "Och har man ingen maka får man vänta tills man träffar någon."

Vi höll alla med honom, för det är så det går till hos oss skator.

"Eller så kan man stämma ett hemligt möte med någon uttråkad skatfru", sa Grumme. "Det går så snabbt att ingen hinner märka det ens."

"Usch", sa Silja. "Tala inte om så olämpliga saker. Jag förstår varför de andra skatorna i din flock inte tyckte om dig."

"Vadå?", sa Grumme. "Jag är så liten och klen att de andra aldrig kommer att låta mig få någon boplats, och många skatfruar tycker om när jag berättar roliga historier.”

Utan att märka det själva hade vi börjat höja våra röster, och gräsankan verkade inte längre kunna följa med i vårt samtal.

”Kan ni tala lite lägre, skator”, sa hon. ”Och stå inte så nära.”

Hon kastade en ängslig blick på de grå ungarna som åter hade format en rad bakom henne. Vi backade genast undan.

Jag minns när vi hade en långapa som hette Gunilla. Hon hade sitt bo i ena hörnet av vårt kvarter. Hon var den snällaste av alla långapor i strukturen. Vi såg henne aldrig skrika och hojta eller vifta på armarna. Vi såg henne aldrig spruta vatten eller kasta sten på skator. På hennes gård växte både vita, röda och svarta bär. Gunilla lät oss äta av allt, trots att alla vet att långapor själva älskar söta bär och frukter.

Varje sommar ställde hon ut en blå skål mitt på gården med rent vatten där vi kunde putsa oss och spegla oss. Om vintrarna var det bara att knacka på hennes ruta så kom hon ut med ett helt paket havregryn som vi fick dela på. Och en gång på sensommaren lärde hon oss hur man spelar boll.

Egentligen var hon min kusin Kritts långapa. Det var snällt av honom att han delade henne med oss. Min kusin Kritt var modig. Han vågade sitta på

Gunillas finger och äta ur hennes hand. Han lät henne till och med klia honom i nacken.

Själv vågade jag mig aldrig riktigt så nära. Jag visste att Gunilla inte var farlig, men långapor var trots allt enorma. Dessutom var jag rädd för deras ögon. Det är inte klokt hur de kan flacka omkring med sina pupiller.

Gunilla var i alla fall en snäll långapa, och jag litade på Kritt. Han förstod litegrann av långapornas språk och kunde tolka åt oss andra. Hon satt ofta på en stol utanför sitt bo och tittade på oss när vi lekte eller åt. Kritt sa att hon alltid såg glad ut när hon såg på oss.

Det hände bara en gång att Gunilla blev arg. Det var på våren, när jag och Kritt letade efter något gott att äta. Då såg vi att sångpiporna ruvade på sina ägg, och vi bestämde oss för att ordna med äggkalas och bjuda de andra skatorna. Sångpiporna var lätta att skrämma bort från boet, och äggen var lätta att rulla och puffa. När alla ägg låg spruckna på marken ropade vi på de andra att de skulle komma och se vad vi ordnat åt dem.

Men då kom också Gunilla rusande, och hon hojtade och viftade med armarna. Hon tog till och med upp en näve grus och kastade mot oss. Det var ingen rolig upplevelse. Äggröran på marken blev också helt grusig.

Kritt var så klart bedrövad eftersom Gunilla var hans långapa. Nu vågade sig ingen längre i närheten av hennes bo. Gunilla verkade inte heller vilja ha något med oss att göra längre. Hon tog bort den blå skålen där vi brukade tvätta oss. Hon tog bort den roliga bollen som vi hade när vi spelade boll. Hon satt inte längre utanför sitt bo och väntade på oss om kvällarna.

Fader Calibri försökte förklara för oss varför det hade blivit så. Han sa att Gunilla brydde sig om alla fåglar, sångpipor likaväl som skator. Men nu tyckte hon nog inte om oss skator längre trodde han, eftersom vi tagit sångpipornas ägg.

Jag frågade fader Calibri om han visste någon lösning, men han sa att det nog var för sent. Jag frågade också Kritt, för det var ju ändå hans långapa, men han ville inte tala om saken. Kanske var han ännu ond på mig för att jag var med och puttade äggen, trots att han var den som föreslog det.

Till sist gick jag till min kusin Silja och pratade ihop mig med henne. Vi bestämde oss för att söka försoning med Gunilla å alla skators vägnar. Vi funderade först på hur det skulle gå till. Så kom vi på att långapor tycker mycket om gröna kvistar. Vi flög bort till allmänningen och letade efter det friskaste gröna vi hittade, och sedan flög vi till Gunillas bo och lade våra kvistar utanför.

Det fungerade inte med ens. Men när vi kom tillbaka efter några dagar såg vi till vår stora förvåning att skålen var tillbaka. Den stora blå skålen där vi brukade tvätta oss. Men den här gången hade den inget vatten i sig. Den var fylld av stora vita ägg.

Snart var alla skator samlade på bordet kring den blå skålen. Gunilla satt på sin vanliga stol och tittade på oss.

"Tror ni att vi får äta de här äggen", frågade Kaj. "Det verkar inte som om hon vill att vi äter ägg".

"Och vad är det egentligen för ägg", frågade Sako. "Så stora ägg har jag aldrig sett. Tror ni att hon har lagt dem själv?"

Fader Calibri sa att han inte trodde att långapor kunde lägga ägg. Hon måste ha fått dem från någon annan fågel.

"Titta", sa Silja. "Hon håller kvistarna i handen. De gröna kvistarna som hon fick av mig och Rilka. Det måste betyda att hon vill att vi ska äta äggen."

Så vi började försiktigt hacka sönder de vita skalen, samtidigt som vi ständigt sneglade åt Gunillas håll. Vi var beredda på att när som helst bege oss därifrån om hon skulle börja skrika och gapa igen. Men hon satt kvar, lugnt och stilla, och betraktade oss.

"Vad säger hon", frågade vi Kritt, eftersom han var den som bäst kunde tyda långapornas språk och rörelser. "Är hon glad?"

"Ja, hon är glad igen", sa Kritt.

Så fick vi till sist vårt äggkalas.

Jag minns Vide. Jag tänker på honom ibland. Det händer att jag saknar honom. Men om jag riktigt tänker tillbaka till tiden då vi var tillsammans minns jag att jag saknade honom ännu mer då. Ibland är ensamheten lättare att bära än saknaden.

Jag kommer ihåg hur det var när vi träffades. Vide var inte fånig och hoppig som de andra skatorna. Han var noggrann i allt han gjorde. Han byggde de finaste bona och hittade den bästa maten. Han sa att jag verkade vara en klok skata, och att han ville bygga bo med mig. Så det gjorde vi. Det gick alltid bra att samarbeta med honom kring bobyggande och barnuppfostran. Men ändå kändes det som om jag aldrig kom honom riktigt nära, och det var det jag saknade.

Vi var båda knappt två år när vi träffades. Han hade heller aldrig byggt bo tidigare, men han hade tränat själv på att blanda lera och fläta kvistar.

När vi byggde tillsammans blev det mycket prat om olika slags pinnar. Vi diskuterade vilka delar som saknades och sedan flög i väg för att söka på varsitt håll. Vi arbetade med två näbbar för att klara sådant som en näbb omöjligen kunnat klara. Ofta byggde vi mycket mer än vad vi behövde. Vi provade ut olika platser för att se om de var lämpliga, och övergav dem om vi hittade bättre. Andra skator började störa sig på oss. ”Rilka och Vide paxar alla bra platser”, sa de ofta.

”Vi paxar ingenting”, sa Vide. ”Ta de boplatser ni vill ha och fortsätt bygga där vi har börjat. Vi kan alltid bygga bättre bon någon annanstans.”

Jag bad ofta Vide att vi åtminstone borde hålla fast vid de byggen vi hunnit längst på. Om vi båda var beredda att tillsammans försvara boet skulle vi kunna hävda vår plats. Men Vide ville inte ha något tjafs. Då byggde han hellre ett helt nytt bo. Han tyckte ju ändå om att bygga.

Jag vet inte varför jag ofta kände mig så ensam med Vide. Kanske var det för att jag jämförde oss med andra skatpar. De flesta skator tycker om att säga gulliga små saker till sin maka eller make. ”Vilka vackra fjädrar du har”, kan man säga, eller: ”Jag tycker om att du har så pigga ögon.” Vide sa aldrig något sådant till mig. På sin höjd sa han: ”Vilken bra pinne du har hittat.”

Jag minns hur det var om höstarna, när årets ungar hunnit bli flygfärdiga, och vi hade ruggat klart och fått nya blanka fjädrar.

"Nu har vi äntligen lite tid för oss själva", sa jag alltid till Vide. "Kan vi inte hitta på något roligt tillsammans?" Jag tänkte på Rut och Kurt som alltid satt och pussade och putsade på varandra hela höstarna.

Men Vide ville aldrig göra något. "Det är för tidigt att börja häcka nu", sa han. "Men om du vill kan vi spana efter alternativa boplatser."

Jag lät inte Vide förstöra min höstglädje. Han fick flyga med sina vänner medan jag gick tillbaka till mina kusiner Silja, Kaj och Kritt. Vi kastade bär och hoppade på röksvampar. Vi skvätte i pölar och sprätte i torra högar.

Vi lockade till oss andra skator som också tyckte att livet skulle vara roligt. Varje ny kull av ungar fick också vara med och lära sig av våra lekar. Jag försökte hela tiden baka in små lärdomar som jag tänkte kunde vara bra för våra ungar. Det skedde så omärkligt att de nog inte själva förnam det. Men jag tror att de blev både kvickare och klockare av det, för jag märkte att de klarade sig bättre i livet än andra unga skator som inte ville vara med.

Med tiden blev jag nästan lite berömd. Det kom skator från när och fjärran och bad mig visa dem någon rolig liten sport. Jag lärde dem konster och kullerbyttor och hur man leker gömma kotte, och även i dag visar jag gärna om någon frågar mig.

Då önskade jag bara att Vide någon gång hade velat vara med. Jag ville att han skulle få veta hur uppskattad jag var av de andra skatorna utan att behöva berätta det själv för honom.

Jag minns det året när det var så många korrar.
Hela strukturen var full av dem. De slank som kvicka
streck upp och ned för alla trädstammar. Ständigt dök
de upp när man minst anade det.

Hade jag varit en ung skata hade det kanske varit
roligt. Då hade jag kunnat gå samman med Kritt, Kaj
och Silja, och vi hade kunnat lura dem och reta dem.
Men att bygga bo och föda upp ungar skulle bli mycket
besvärligt. Hur skulle vi våga lämna våra bon för att leta
mat när korrarna ständigt var där och strök med sina
svansar? Och hur skulle maten räcka åt oss och våra
ungar när de var så många och så fräcka?

Först försökte vi jaga bort korrarna från kvarteret, men
det gick inte. De brydde sig varken om krax eller nyp.

Om det skulle bli några ägg det året var vi
tvungna att flytta. Vi funderade på andra platser i
strukturen, men överallt var det fullt av korrar.

34

Några av de äldre skatorna kände till en annan struktur som låg norr om vår. Den låg tre dagars flygning bort, och vi var tvungna att flyga över skogen.

Det skulle vara farligt för oss. Vi var inte vana vid skogen, och få av oss hade någonsin varit så långt hemifrån. Trots det var vi flera som ville försöka.

Vi var sju par som skulle flyga mot den nya strukturen. De skator som ännu inte hade hittat någon partner fick stanna kvar. Deras uppgift var att slåss mot de envisa korrarna, och att försvara våra boplatser så att inga andra skator tog dem under tiden vi var borta.

Jag såg fram emot äventyret. Samtidigt var det svårt att lämna Kritt och de andra som stannade. Jag tänkte på allt det roliga de skulle ha medan vi var upptagna med att bygga bo på främmande mark. Jag längtade redan till hösten.

Det var jag och Vide och Rut och Kurt. Min kusin Silja följde med tillsammans med sin make. Hennes bror Kaj var också med i sällskap av sin maka. De andra tre paren kände jag från början inte särskilt väl, men vi kom varandra närmare under färden.

De äldre skatorna förberedde oss noggrant inför flygningen. Passagen genom skogen är farlig för den som är van vid livet i strukturen. De berättade om livsfarliga dödsfåglar som gled omkring och spanade bland molnen. Vi skulle aldrig kunna flyga lika högt som de, och kunde aldrig gömma oss från deras skarpa ögon. När som helst kunde de dyka ner på oss och genomborra våra kroppar med sina klor.

Det bodde inte många långapor i skogen, men de man stötte på var betydligt farligare. De kunde skjuta hårda stenar i magen på en så att man dog på fläcken. Och de små vargar som man såg inne i strukturen var ingenting mot dem man kunde möta i skogen.

Det bästa stället att äta på var vid vägkanten, där alla bullrare gick. Det var vad de äldre skatorna rekommenderade. Men de var noga med att vi alltid måste utse någon att hålla utkik efter dödsfåglar medan de andra åt.

Det var första gången jag såg den mörka kompakta skogen. Det var en ovanlig upplevelse. Vi som var vana att förlita oss på strukturens vinklar och linjer blev tvungna att känna efter noga för att hitta de rätta väderstrecken.

Själva maten var det inget fel på. Vi åt rävmage och grävlingsögon till nästan varje måltid. Det enda som var besvärande var att bullrarna gick så snabbt invid platsen där vi åt, och att vi ständigt måste se upp för dödsfåglarna.

Efter tre dagar såg vi landskapet åter brytas upp. Det var underbart att se strukturen växa fram ur den täta skogen. Markens linjer gick återigen så som vi var vana vid, med gator tvärs och kors. Men vi kände ju närmar vi kom, att de hus, gator och parker vi såg, även om de liknade våra egna, var alltigenom främmande. De långapor och småvargar vi mötte på gatorna hade alla främmande ansikten. Till och med träden var främmande för oss.

Vi träffade några skator i ett torn, men de ville inte tala mycket med oss. De var misstänksamma och ville inte dela med sig av det de visste om platsen. Vi fick inte veta var det bodde lugna långapor och var det bodde lättstötta. Inte heller sa de något om var det gömde sig klokatter eller rödrävar. Jag hade aldrig förut tänkt på hur viktig den kunskapen egentligen var.

Det var sammanhållningen i gruppen som gjorde att vi klarade oss. Vi delade på allt och gjorde allt för varandra. De första dagarna hade vi bara gamla löv att äta, men det blev lättare ju varmare det blev. Insekterna och maskarna vaknade i takt med att den sista snön smälte.

Vi förstod att det var hög tid att börja bygga bon om det skulle bli någonting. Vi hade redan förlorat tid på korrarna och den långa flytten. Men vi hade svårt att förhandla med de främmande skatorna om boplatser. Det bästa för oss hade varit att då bo alla sju par tillsammans, eller åtminstone i närheten av varandra, men ingen av skatorna i den främmande strukturen var villig att byta boplats för att kunna låta det ske. Vi var tvungna att kompromissa och dela upp oss.

Vide ville att vi skulle välja först när de andra valt. Den boplats som blev kvar var knappt ens ett träd, utan en slags mast med grenar av stål. Den låg dessutom en bra bit ifrån de andra.

När vi hade bestämt var alla skulle ha sina boplatser utsåg vi vår återsamlingsplats. Det var en stor rönn som växte på en kulle. När rönnbären var röda och mogna skulle vi återse varandra där. Vi skulle ta med oss våra ungar och påbörja flygfärden hem till vårt eget kvarter. Där väntade alla gamla kloka och unga fria skator på oss. Där väntade Gunillas blå skål och jordgubbar och körsbär. Vi saknade till och med gamla Raggan och rödräven som tryckte i sin håla.

Vi hade ändå tur. I den främmande strukturen var det inte många korrar det året. Efter många om och men klarade jag och Vide av att fästa boet i masten. Vi var tvungna att utveckla en helt ny teknik.

      När boet var klart måste vi upprepa parningen på nytt. Vide var först ovillig. Han tyckte att det var pinsamt att para sig så sent på året när snön redan hade smällt. Han var rädd att skatorna i den nya strukturen skulle tro att vi alla var ett lössläppt pack som inte brydde sig om de korrekta parningstiderna. Men det kunde inte hjälpas.

Jag la fem ägg det året, men alla de små munnarna överlevde inte, eftersom vi inte var lika många som kunde passa på dem. I slutändan var de bara två. När de började få lite fjädrar döpte vi dem till Pelle och Petra.

Till sommaren blev det lättare att leva i den främmande strukturen. Pelle och Petra visade sig vara mycket duktiga. De var ju de enda två ungarna i sin kull. Kanske hade de på något sätt fått all klokskap som annars hade delats på många. Inga av våra tidigare ungar hade i alla fall varit så läraktiga som Pelle och Petra.

Snart var de så duktiga på att flyga att vi kunde ta turer och se oss omkring i den främmande strukturen. Där fanns ett litet berg, ett roligt torg och en damm. Vi kunde hälsa på Silja och hennes make och deras enda unge det året. Det var en liten dotter som hette Titti. Silja och hennes make var mycket stolta, trots att de bara hade en ensam unge. Titti var nämligen alltid så glad att hon alltid gjorde alla runtom sig glada. Dessutom lekte hon så väl ihop med Pelle och Petra.

Jag och Silja träffade en skata i den nya strukturen som vi blev god vän med. Han hette Boe. Han var inte misstänksam som de andra skatorna. När han fick veta att vi var främlingar tog han själv på sig att visa oss runt.

Boe bodde uppe på berget, på gränsen mellan skogen och strukturen. Han hade en blå ring runt foten som långaporna givit honom. Det var en vacker ring, och ändå var han aldrig högfärdig. Han levde ensam, men han var vän med många skator.

Jag och Silja gjorde många utflykter med Boe. Vi tog alltid våra barn med oss, för det var viktigt att de fick lära sig om världen.

Först flög vi till den södra delen av strukturen. Där fanns en märklig plats med många färgsprakande fåglar. Man kunde bara se dem på sommaren, förklarade Boe för oss. På vintern var alla borta.

De fåglarna var instängda. Boe sa att det var mycket synd om dem. Tänk att jag var hela fyra år gammal, och hade aldrig förut hört om att det fanns instängda fåglar, medan Pelle och Petra fick lära sig det så pass tidigt i livet.

Vi såg fåglar som var ljusrosa och fåglar som var violblå. Gröna fåglar och några som var alldeles knallgula. Vi såg fåglar som visslade och fåglar som steppade och andra som kunde burra upp pannan. Boe pratade med dem ibland, men de flesta kunde inte vårt språk. De tjattrade på sina egna olika sätt som vi inte kunde tyda. Många av dem tuggade ganska slarvigt, så vi passade på att äta av deras spill på marken. De fick alltid så mycket mat av långaporna, så vi tog det vi kunde komma åt.

Vi hittade till och med en dödsfågel. Den var riktigt ruskig med alldeles gula ögon. Vi vågade knappt titta på den, trots att vi visste att den var en av de instängda. Klorna var enorma, och näbben hade lätt kunnat slita en liten skata i stycken.

Jag vände mig till Pelle och Petra. "Det här som ni ser nu", sa jag, "det är något många skator bara ser sin allra sista stund i livet."

Egentligen vet jag inte om det är rätt att några som är så unga får se något så farligt.

Nästa dag tog Boe oss till den västra delen av strukturen. Där fanns en backe där ormarna hade sin grop. Vi var lite tveksamma först, men ormynglen var i precis rättan tid att ätas, förklarade han.

Han visade för oss hur man bar sig åt för att få tag på ett litet yngel utan att bli biten, men vi vågade inte själva prova. Pelle och Petra var fortfarande tillräckligt små att jag hade rätt att förbjuda dem. Det underlättades av att Silja inte heller lät sin dotter Titti göra det.

Det gjorde inget, för Boe fångade de små ormarna, en efter en, så att alla fick en var att smaka på. Han dödade dem med näbben först så att de skulle vara helt ofarliga för oss. Det var en ganska intressant smak, men det hade nog inte varit mycket utan själva upplevelsen av att se Boe så skickligt dra upp yngel ur den krälande gropen.

Han visade oss också den östra sidan av strukturen. Där fanns en plats där man kunde se hur strukturen växte. Han förklarade att det var långaporna som byggde upp strukturen genom att stapla små stenar på varandra, och platsen han skulle visa oss var en plats där de höll på att bygga upp den nu i denna stund.

Jag tyckte att det lät osannolikt. Långaporna är långa, men inte längre än själva strukturen. Jag har svårt att tänka mig en långapa stapla stenar så högt som det skulle krävas.

Tyvärr fick vi aldrig veta hur det egentligen gick till, för när vi kom till platsen hade långaporna redan slutat bygga.

Boe förklarade att det gick till som när myrorna bygger sina stackar. Så vi flög till en myrstack istället för att kunna studera den närmare. Utan Boe hade vi aldrig själva vågat utforska så långt ute på kanten av strukturen, så nära det riktigt vilda. Men det fanns mycket intressant att se. Kanske var det möjligt att långaporna verkligen byggt strukturen, för myrorna som bar barr till stacken var onekligen mindre än stacken själv.

Några myror bar andra saker än barr. Några bar en liten ödla, uppochner, med den vita magen i vädret. Vi plockade på oss både det ena och det andra från myrorna och hade ett riktigt litet kalas. Sedan kom vi på att detta faktiskt var myrornas mat. Då såg vi till att äta några av myrorna också, så skulle de i alla fall inte bli lika många som måste dela på maten.

I den norra delen av strukturen låg berget. Där på berget bodde en snäll långapa som kunde bota sjuka och skadade fåglar.

Boe berättade om en sak som hade hänt vintern innan vi kom dit. Då hade han varit nere vid dammen och sett en fastfrusen svan. Då hade han flugit hela vägen till den snälla långapan och knackat på. Sedan hade han visat långapan hela vägen till svanen. Långapan hade hackat loss svanen ur isen och vårdat dess frusna fötter.

"Det var klokt gjort", sa jag. "Många skator hade nog bara retat svanen."

"Ja", sa Boe. "Tyvärr är det nog så. Hade jag varit yngre hade jag nog själv inte kunnat motstå att reta den."

Vi skulle hälsa på hos den snälla långapan, men han var inte hemma. Vi mötte honom i stället på vägen uppför berget. Boe hade redan berättat för oss hur han såg ut. Han hade mörkt yvigt hår, och han bugade sig inför alla fåglar han träffade. Han bugade sig också inför oss när vi kom. Det var så vi kände igen honom.

Han höll en låda i handen. I den låg en liten hukande seglare. Boe sa att den hade tappat luften under vingarna. Nu var långapan på väg upp mot berget för att ge den luft igen.

Innan rönnbären var mogna hann vi se både den södra, västra, östra och norra delen av strukturen. Sedan var vi ganska nöjda med att få flyga hem.

När vi samlade ihop oss inför hemfärden räknade vi till sjutton nya ungar totalt. Det hade blivit ett bra år ändå, trots att det börjat så besvärligt med korrarna.

Nästan alla i den ursprungliga gruppen var med, men inte riktigt alla. Kajs fru hade blivit tagen av en klokatt. Jag tyckte mycket synd om honom som måste återvända ensam.

Ett av paren hade också skilt sig, och båda två hade hittat nya som de flyttat ihop med i den främmande strukturen. Därför skulle de inte följa med oss hem.

Vi tog farväl av Boe, som visat oss så många märkliga ting. Jag undrar om Pelle och Petra och Titti förstod att de kanske aldrig skulle få se honom igen. De tyckte i alla fall att det skulle bli spännande att flyga över skogen med alla små vänner och kusiner. Vi vuxna höll noga uppsikt över dem medan de åt sig mätta vid vägkanterna.

Så kom vi äntligen fram till vårt eget kvarter, där vi kände varenda sten så väl. Även här var vädret blommigt och grönt, och Kritt och de andra skatorna tog glatt emot oss och alla nya ungar. Vi hade så mycket att berätta. Särskilt jag och Silja som hittat en så bra vägvisare. Kritt hade också mycket att berätta. Han kom med häpnadsväckande historier om hur han hade befriat kvarteret från korrarna.

Vad märkligt det är med tiden. Ju längre jag befann mig i den främmande strukturen, desto mindre främmande kändes den. Ett tag var det till och med som om jag alltid hade bott där. Men så fort jag kom tillbaka till mitt verklige hem var det som om minnet krympte ihop till en lustig liten visa. Den visan sjöng jag för Kritt och alla som ville höra. Det var de märkliga instängda fåglarna och ormarna i gropen. Myrorna, den snälla långapan på berget, och boet i masten. Det var mina kloka ungar Pelle och Petra som aldrig funnits utan korrarna, och lilla Titti som alltid var så glad. Och nu var allting åter till det normala.

Det var roligt att visa Pelle och Petra björken där jag växte upp, och den blå skålen hos långapan Gunilla där man kunde tvätta sig. Jag berättade allt jag visste för dem. Jag berättade hela historien om Raggan och Scilla, för sådant är viktigt att alla unga skator vet om.

Hösten var vacker det året. Så vacker höst har jag aldrig sett i vårt kvarter. Så munter och klar efter allt det besvärliga, med lätta löv och moln.

Pelle och Petra såg förundrat på allt nytt jag visade för dem. Men en dag framåt hösten sa de något som jag inte hade förväntat mig. "Nu har vi sett allting här", sa de. "När ska vi flyga hem igen?"

Jag minns den sommaren när klokatten kom. Vi hade aldrig trott att någon klokatt skulle flytta in hos oss. Inte trodde vi heller att långapor kunde bli gamla och dö. De lever i allmänhet så länge att de tycks leva för alltid. Ändå är jag ganska säker på att det var det som hände med Kritts långapa Gunilla.

Jag var sju år den sommaren, och jag och Vide var inne på vår sjätte kull tillsammans. Mest av allt minns jag de röda bären i alla buskar. Det var så rikligt med bär just den sommaren. Jag plockade och åt med två av mina små döttrar från årets kull. De hette Vinga och Viva. Medan vi åt passade jag på att berätta för dem om den snälla långapan Gunilla. Jag sa att hon var så lugn och fin att Kritt till och med vågade sitta på hennes hand. De tyckte att Kritt var väldigt modig när jag berättade det. De frågade om de också fick sitta på långapans hand.

46

"Nej", sa jag, för säkerhets skull. "Det är det bara Kritt som får göra."

Vi åt i stillhet i den kyliga morgonen. "Hör på sångpiporna", sa jag efter en stund. Jag förklarade att Gunilla tyckte om att lyssna på de roliga små piporna, och att det var därför man inte fick äta av deras ägg.

"Är det gott med ägg", frågade Viva.

Jag visste inte riktigt vad jag skulle svara. Jag ville inte säga någon osanning. Samtidigt ville jag inte uppmuntra dem till att ordna egna äggkalas.

"Berätta om Raggan och Scilla", sa Vinga. Jag berättade historien för dem, trots att de redan hört den tidigare, och trots att Raggan inte var kvar på allmänningen. I stället bodde där en kråkgubbe som hette Kappo, men honom fanns ännu inte mycket att berätta om.

Det var samma sommar som Kritt märkte att Gunilla hade blivit mycket svag. Hon orkade inte längre hålla uppe Kritt på sin hand. I stället satte han sig på tyget på hennes bröst.

Gunilla orkade inte längre fylla den blå skålen med vatten. Den sommaren badade vi bara efter att det hade regnat.

En dag försvann Gunilla. Vi hittade henne ingenstans. Kanske är långapor som oss skator, att de drar sig undan till skogen för att dö. Jag undrar bara hur de bär sig åt, eftersom de inte kan flyga.

Kritt ville inte tro det värsta, men en dag försvann också den blå skålen.

Sedan flyttade nya långapor in. De var långt ifrån lugna. Det räckte med att vi såg åt körsbären för att de skulle börja skrika och vifta med armarna som galningar. Vi fick inte ens äta av äpplena som redan låg på marken. Vilda ungar hade de också.

Och så var det klokatten. En rödbrun rackare. Den gjorde inget annat än att spana på oss skator. Hela kvarteret var plötsligt osäkert.

Jag samlade min yngsta kull. De var fem det året. Viva, Vinga, Lyra, Kolle och Viggo.

"Visst vet ni att klokatter är farliga djur", sa jag. "Det är inte värt att reta dem eller nypa dem i örat."

Det var tur att de var så pass stora att de förstod. Och det var tur att de var så pass starka att de snabbt kunde flaxa bortom räckhåll när de blev överraskade. För en liten tid sen hade de vinglat med tufsiga vingar. Kort innan dess var de bara små skära munnar. Jag tänkte på kommande kullar. Jag kunde inte föreställa mig att lägga några ägg i närheten av klokatten. Min kusin Kaj hade redan flyttat långt därifrån, för han ville inte att hans nya fru skulle gå samma öde till mötes som hans förra.

En dag satt jag på en gren med Viva och Titti och Kritt.
Vi spanade på klokatten för att se vad den hade för sig.
Först var det inte särskilt mycket. Den låg och sträckte
sig i gräset. Den gäspade och åmade sig som om den
riktigt gjorde sig till för att få oss att tröttna och låta
den vara. Men vi lät oss inte luras av den oskyldiga
eftermiddagsvilan. Vi såg den olycksbådande svansen
som svepte fram och tillbaka över stenplattorna.

Plötsligt spratt klokatten ur sin lata vila. Den
rusade mot ett av äppelträden där den ränte som en
liten korre uppför stammen. När den kommit halvvägs
upp kastade den sig handlöst ut. Den grep en sångpipa
i flykten, tumlade sedan hela vägen ned och landade på
fötterna. Den gick några steg med sångpipan
fortfarande flaxande i munnen, medan den kastade ett
trotsigt öga upp mot oss.

"Den tog Gunillas lilla sångpipa", sa Kritt upprört. Jag
svarade inte. Jag ville inte göra det till en alltför stor sak
när jag hade lilla Viva med mig. Kanske förstod inte
Kritt den tanken. Han hade ju aldrig fått egna ungar.
"Lugn", sa Titti. "Vi kan inte göra något åt det." Det
var nog klokt sagt, för nere på stenplattorna hade
klokatten lekt sönder den lilla fågeln. Vi kunde inte göra
något.

"Förstår ni inte", sa Kritt. "Det är Gunillas
sångpipor. Man får inte ens röra deras ägg."

För min skull, och för lilla Vivas skull, borde Kritt inte ha gjort det han gjorde. Min lilla unge, som jag gjorde allt för att fostra sunt, borde inte ha behövt se ett så vårdslöst beteende. Så späda ögon ska inte behöva bevittna en annan skatas blodiga död.

Det var alltigenom onödigt det han gjorde. Gunilla kunde ändå inte lyssna på några fler sångpipor. Hans eget liv var ett pris som var alldeles för högt. Och inte ens det räckte långt till att försvara dem.

Jag tänker på min ungdoms sommar. Då var det jag och min bror Sako, kusinerna Kritt, Kaj och Silja, och ibland den lilla klena Grumme som kom någon annanstans ifrån. Vi levde utan ansvar. Vi satt på ett tak och skojade. Ibland åt vi sniglar. Ibland lekte vi i vattenpölar. Vilken sommar det var ändå.

Sedan hade Grumme flyttat tillbaka till sina gamla vänner och Sako hade flyttat till Stentorget. Kaj och Silja skaffade familj och gick vidare i livet, liksom jag själv. Även om vi ofta sågs var det inte samma sak som förut med ungar, ägg och bon som vi ständigt var tvungna att ta med i beräkningen.

Kritt var den enda som nästan sex år senare var lika fri och vild som i vår ungdoms sommar. Varje höst fanns han där, redo för nya upptåg. Det var så mycket som försvann med Kritt. Det var synd att han skulle kasta bort allt detta för en sångpipa.

Jag minns när vi flyttade till Stentorget. Min bror Sako hade bott där länge. Han var en av de som följde med Hektor för att driva bort skrikmåsarna.

Efter att klokatten kom var det många av skatorna i vårt kvarter som flyttade. Silja och Titti kände några som bodde i en park, men där var det redan trångt, så fler skulle inte få plats. Pelle och Petra och några andra av deras jämnåriga flög tillbaka till den främmande strukturen dit de alltid hade längtat. Jag och Vide och ytterligare några flyttade tillsammans med den kloka skatan fader Calibri till Stentorget. Där hade Sako redan lovat att det skulle finnas plats åt alla som ville bygga bo.

Jag hade varit på Stentorget några gånger innan, så jag visste ungefär hur det såg ut. Det var stort och öppet, och alltid fullt av långapor och grådaskor.

Det var sällan brist på mat, men den mat som fanns var inte alltid den bästa. Dessutom var man hela tiden tvungen att bråka med grådaskorna om att få den.

Däremot tyckte jag mycket om fontänen som sprutade vatten och de roliga långaporna av sten som man kunde sitta på. De viftade aldrig på armarna och flackade aldrig med blicken. De hade i själva verket inga ögonvitor vilket passade mig bra. Än i dag undrar jag hur de bar sig åt för att bli alldeles förstenade.

Stentorget var sig likt när vi kom den hösten. Det som var märkligt däremot var att ingen tog emot oss. Sako visste ju att vi skulle komma. Vi ropade och ropade. Till sist blev det natt, och vi fick hitta en sovplats själva bäst vi kunde.

Det var först nästa dag vi träffade Sako och Hektor och de andra skatorna på Stentorget. Det var roligt att återse Sako igen, men det var svårt att få tid att tala med honom i lugn och ro mitt i allt ståhej.

”Kan ni inte berätta var ni har varit?” sa fader Calibri. ”Ni visste att vi skulle komma idag och vi ropade på er.”

Hektor sprätte irriterat med foten. Han sa att de hade varit på en utflykt, inget mer.

”Ska vi inte berätta om haren”, frågade Sako. Hektor gav honom en mörk blick. Vi som kom från kvarteret bad att de skulle berätta mer om haren.

Det kom fram att de hade hittat en hare som blivit påkörd av en bullrare. Den hade kastats en bit och hamnat i buskaget i allén. Efter många om och men visade de oss till och med platsen. Vi började känna oss hungriga, så vi kikade förväntansfullt in i harens spruckna buk, men där var helt renätet.

"Är det inte fint skick bland oss skator att man lämnar en bit av levern åt gästerna?" sa fader Calibri.

Han påpekade att platsen låg inom hörhåll från torget. De måste alltså ha hört oss medan vi ropade på dem hela dagen.

"Ni visste att vi är nykomlingar här och att vi är hungriga", sa fader Calibri. "Ändå gömde ni haren för oss för att ni skulle slippa dela med er."

"Här på Stentorget bjuds inte harlever på beställning", sa Hektor. "Alla får själva stå för sitt uppehälle".

"Är det så man behandlar sina vänner som varit med om stor olycka", sa fader Calibri.

"Tydligen är det stor olycka som krävs för att ni ska komma", sa Hektor. "Förr var ni minsann för fina för Stentorget."

Det hela hade kunnat bli ett stort bråk. Men fader Calibri var klok.

"Låt oss glömma det här med haren", sa han. "Det är alltid svårt den första tiden, men snart kommer vi att glömma vilka som var nykomlingar och vilka som hörde hit från början."

Framemot vintern blev det tjafs om boplatserna. Först var det tal om att vi som var nya inte skulle få några platser alls, trots det som tidigare utlovats. Men då var det många av oss som protesterade. Jag och Vide var inte längre några ungskator. Vi hade hela sex lyckade kullar bakom oss och var kända för våra fina bon. Vi gick aldrig in i slagsmål och delade alltid med oss.

Efter mycket tjat utsåg Hektor tre boplatser som vi nykomlingar fick samsas om. Det räckte inte på långa vägar till alla våra häckande par, men det var alltid något.

Vi nykomlingar samlades till rådslag för att lösa situationen utan bråk. Jag såg till att tala gott för oss så att jag och Vide skulle få en av boplatserna.

De tre boplatserna var de sämsta i hela Lindallén, för de låg i korsningen där det var fullt av bullrare och aldrig riktigt lugnt. Men vid det här laget var bobyggande inte något problem för oss. Vi hade byggt så många olika typer av bon genom åren. Vi hade till och med byggt ett bo i en mast långt borta i en främmande struktur. Den bullriga lindallén var ingen konst för oss.

Vi hade vårt eget hemliga recept för att blanda murbruk, och egna sätt att fläta kvistar. Vi byggde hemliga ingångar och utgångar som var smidiga och säkra. Det här året var vi särskilt måna om att vårt bo skulle bli det bästa någonsin. Vi ville så gärna att Hektor och de andra skatorna på Stentorget skulle se oss för vilka vi var.

Efter ett tag märkte vi att Hektors vänner faktiskt började intressera sig för oss. De följde imponerat allt vi gjorde. De frågade hur vi bar oss åt för att fläta kvistarna så tätt, och vi försökte förklara för dem.

Under början av vintern kände jag mig till och med ganska nöjd med att bo på Stentorget. Vi hade gott om mat från allt släng och spill, även när snön låg vit över resten av strukturen. Därför hade vi extra mycket tid att lägga på boet och dess finesser.

Men när det äntligen blev dags för mig att lägga ägg hittade jag Hektors kusin Polly i vårt bo. Hur jag än bad henne flyttade hon sig inte. Hon tyckte att hon och hennes man Krasse hade större rätt till boet eftersom de varit med på Stentorget från början.

"Det är vårt bo", sa jag. "Det var vi som byggde det!"

"Ja", sa Polly. "Men ni var inte med och skrämde bort skrikmåsarna."

Vi klagade genast för Hektor. Jag berättade för honom precis vad som hade hänt. Han sa att han inte kunde hjälpa oss. Han utsåg bara platserna. Det ingick inte att också försvara bona.

"Vill ni behålla ert bo får ni vara beredda på att slåss mot Polly och Krasse." sa han.

Jag visste att Vide hellre gav upp ett bo än att slåss. Så var det alltid om någon annan gjorde anspråk på något av våra bon innan vi lagt ägg i dem, men då hade vi alltid haft reservbon nära till hands. Nu var detta vårt enda. Dessutom var det vårt bästa någonsin, med flera våningar och finesser så finurliga att Polly och Krasse säkert inte ens förstod sig på att utnyttja dem.

Vide ville i alla fall avvakta. Kanske trodde han någonstans att Hektors vänner skulle tycka bra om honom för att han gav bort ett så fint bygge. I stället blev det tvärt om. De sa att han var en mes som inte försvarade sitt bo. De ropade elaka namn efter honom.

"Nu förstår vi varför du inte kom hit från början", sa de. "Du hade aldrig vågat slåss mot skrikmåsarna."

Det blev en mycket märklig vår. Jag kände mig tom och berövad på min sjunde kull i livet. För första gången sedan jag var mycket ung hade jag inte några ägg att ruva på eller ungar att mata. Om Kritt hade levt hade det väl gått an, eller om Sako inte varit så bra vän med Hektor. I stället försökte jag sälla mig till en grupp av unga skator på Stentorget, men de var mycket ovilliga att släppa in mig. De hade sina egna upptåg för sig, och ville nog inte veta av någon mycket äldre skata som ständigt visste bättre.

Jag försökte komma Vide närmare, men det var svårt när vi inte längre hade något gemensamt projekt. När han blev kallad elaka namn av de andra sökte han sig aldrig till mig. Han bad mig låta honom vara. Han sa att han trivdes bättre ensam.

Jag minns den farliga leken, och hur den slutade. Helst hade jag velat glömma.

Det var sensommar, och vi satt några skator i den högsta linden. Hektor frågade oss om det var någon som var sugen på harlever. Vi var så klart alltid sugna på harlever, så vi blev mycket förväntansfulla av hans fråga. Vi undrade var någonstans han hittat en överkörd hare. Men det visade sig att han narrades med sin fråga. Han var förvisso sugen på harlever, men han hade inte hittat någon.

"Jag kan ta några med mig och spana i området" sa Sako. "Kanske finns det någon död hare häromkring".

"Är det inte onödigt", sa Hektor. "Vi har ju den där haren."

Han pekade med näbben ned mot gräset där en hare gumpade omkring för sig själv. Vi förstod inte alls hur Hektor tänkte sig att vi skulle komma åt dess lever.

"Vad är det som säger att inte den här haren kan bli överkörd av en bullrare", sa Hektor. Han berättade sin plan för oss. Det vore en lätt sak att driva haren framför bullraren, menade han. Varken harar eller bullrare är kloka djur som vi skator. Vi behövde bara skrämma haren så att den sprang framför vägen.

"Jag måste lägga in mitt veto", sa fader Calibri. Han hade alltid haft vetorätt hemma i kvarteret, men på Stentorget var det inte längre någon som tyckte om att lyssna på honom.

Han försökte förklara att det var större risk för någon av oss att bli skadad än haren, men ingen brydde sig om att höra på.

Hektor började redan välja bland de starkaste skatorna. "Du, du och du", sa han och pekade på dem. Vide hoppade han över. "Du är för mesig", sa han. "Du skulle aldrig våga".

Vide protesterade. "Jag är varken rädd för harar eller bullrare", sa han. "Låt mig vara med!"

"I så fall", sa Hektor. "Om du är en så modig skata kan väl du ensam driva haren."

Jag tyckte inte att det var en bra idé och ropade åt honom att han skulle låta bli. Det var sällan vi pratade med varandra efter att vårt bo blev taget, men det här tyckte jag var viktigt att säga.

"Tyst", sa Vide. "Jag behöver koncentrera mig."

Han gled ner till gräset där haren lugnt åt. Försiktigt gick han fram bakom den och knipsade den lite i svansen. Den verkade inte tycka att Vide var särskilt farlig. Den skuttade bara några skutt bort och fortsatte beta gräs. Men Vide var strax på den igen.

Allén var smal, och snart var de helt nära vägen där bullrarna gick. Haren ville skutta längsmed, men Vide kom från alla sidor och tvingade den allt närmare kanten.

"Låt bli!" ropade jag från trädet. Nu var både Vide och haren på väg över vägen. Haren snuddade framför bullrarens nos. När bullraren svischat förbi såg vi haren oskadd på andra sidan.

Stämningen var plötsligt spänd och tyst. Jag var säker på att Vide inte hade klarat sig, men jag såg honom inte någonstans på marken.

Plötsligt fick jag syn på honom. Han satt på taket till en utstickande del av byggnaden en bit bort.

"Varför gömmer du dig", frågade jag.

"Jag misslyckades sa Vide. "Jag hade fel teknik. Men vänta bara. Det här är min chans att få de andra att tycka om mig."

Han såg ner mot vägen och följde bullrarnas färd med blicken som om han beräknade deras hastighet.

60

"Snälla Vide, jag vill inte att du försöker igen", sa jag. "Gör inte så mot mig. Det räcker med att Kritt dog för en dum sak."

"Varför skulle jag inte göra som Kritt", sa Vide. "Du tyckte ju mycket bättre om Kritt. Du pratar om honom hela tiden."

Jag visste inte vad jag skulle säga. Det är sant att jag många gånger haft roligare tillsammans med Kritt och mina kusiner än med Vide. Å andra sidan arbetade vi alltid bra tillsammans och hade fött upp många kullar. Jag försökte förklara så gott jag kunde att det också var viktigt.

Jag undrar om Vide någonsin skulle förstå hur jag kände. Att jag längtade efter honom som om han inte var där, även när vi var tillsammans. Jag undrar om han kunde leka och roa sig, och varför han i så fall valde att aldrig göra det. Jag undrar vad han tyckte om mig, och varför han aldrig sa några snälla små saker. Det var så mycket jag undrade, men det var svårt att förklara.

"Jag vill bygga många fler bon med dig", sa Vide. "Men först måste jag göra något så att de andra skatorna ser att jag är modig och förtjänar ett bo. Här på Stentorget måste man visa sig modig."

"I så fall vill jag inte vara tillsammans längre", sa jag. "Jag vill inte vara med när du kastar bort ditt liv".

"Du kommer väl tillbaka när jag har skaffat en boplats åt oss", sa Vide.

Vide var ofta vid allén och spanade på harar. Jag levde mitt eget liv på Stentorget. Ibland tänkte jag på Kritt och hans långapa. Nu hade jag också en egen långapa, men den var av sten. Den rörde sig aldrig från sin plats invid fontänen.

Det var en vacker liten långapsfru. Jag tyckte mycket om henne. Hon såg ut precis som om hon tänkte trots att hon var av sten. Jag undrade mycket över henne, vad hon gjort och tänkt innan hon blev förstenad. Ibland när jag kände mig riktigt ensam lekte jag att hon talade med mig. Det fick mig att släppa tankarna på Vide för en stund.

Ibland när jag satt där tänkte jag på hur det varit på vintern innan Polly och Krasse tagit vårt bo. Då höll jag och Vide ännu på med bobyggandet. Ibland tog vi en paus och satte oss tillsammans på en av de andra stenlångaporna.

Nu var det grå höst. Då hade det varit den mest glittrande vinter. Så roligt vi hade haft det när vi såg på allt som pågick omkring oss. Grådaskorna som burrade och kurrade i kylan. Långaporna i sina röda luvor. Vintersolens som lekte i alla blänk. Då trodde vi ännu på framtiden och på varandra. Då trodde vi ännu på en sjunde kull. En vår med skrikande munnar, en sommar med duniga vingar. Det hade jag svårt att längre tro på.

När jag satt där och tänkte kom Polly till mig. Jag tyckte inte om henne efter att hon tagit vårt bo. Jag hade till och med svårt för hennes och Krasses ungar, trots att det inte var ungarnas fel att de kläckts i det bo som jag och Vide hade byggt. Jag undrade vad hon ville mig.

"Skynda dig", sa Polly. "Vide ropar på dig."

Vi flög tillsammans till lindallén. "Var är Vide", frågade jag. Sedan fick jag syn på honom, nere på vägen, stapplande med bruten vinge.

Rilka", ropade han. "Här är jag. Aj min vinge, aj."

Bullrarna svischade fram och tillbaka över honom. Han skymdes kort, sedan syntes han igen.

"Vi måste flytta på dig", sa jag. "Du ligger farligt där."

"Nej, aj, nej", sa Vide. "Kom inte, aj, nära. Stanna där, aj."

Han släpade sig långsamt fram, men hans skadade sida var tung mot marken.

"Jag hade en teknik för att göra det", sa Vide. "Men sen, aj, haren, bullraren, jag vet inte, aj, vad som hände."

"Akta dig", skrek jag, för bullrarna kom farligt nära med sina hjul.

"Det är över", sa Vide. "Jag ville bara säga..."

"Vide!" ropade jag. Jag blundade. När jag öppnade ögonen igen var Vide alldeles platt.

Jag minns fader Calibri. Redan när jag var en liten unge var han en gammal och klok skata, och hans lärdomar tycktes outtömliga. Jag minns ännu allt som han berättade för oss.

Vi skator är inte som andra fåglar, sa han alltid. Vi är inte som grådaskorna som äter allt spill och slask. Vi är inte som krajorna som förlorar sig själva i kraxande skockar. Vi surar inte som storkråkorna, och guppar inte som gräsankorna. Vi är inte heller som skrikmåsarna, som skriker och skränar hela dagarna. Av alla fåglar har vi det vitaste vita och det svartaste svarta. Därför är vi skator vår alldeles egen sort.

Varje liten skata är unik, för var och en har sitt alldeles eget skimmer. Vissa skimrar i blått, andra i grönt och åter andra i ultraviolett. Om vi blir smutsiga eller sjuka mattas glansen av, och då kan inte andra se vilka vi

64

egentligen är. Vi måste alltid hjälpa varandra att bli dem vi är menade att vara.

"Glöm aldrig bort att vi skator är kloka fåglar", sa fader Calibri.

"Varför", frågade vi. "Måste dumma fåglar ständigt tänka på att de är dumma?"

Det måste de inte, förklarade fader Calibri, för dumma fåglar kan bara vara dumma på ett sätt. Kloka fåglar däremot, måste ständigt välja hur de vill använda sin klokskap. Vissa väljer att narras och skrämmas, andra väljer att hjälpa andra.

Fader Calibri lärde oss både hur man ska leva och hur man ska dö. Det bästa sättet att dö på är att dö i skogen.

Strukturens hårda mark är inte en bra grav åt en skata. Därför ska man flyga till skogen, om inte döden hinner överraska en först.

Det bästa sättet att dö är att bygga en hydda av mossa och löv nära marken. Det är viktigt att man är alldeles ensam när man gör det. Det är det allra bästa sättet, sa fader Calibri.

Redan när jag var liten ställde jag många frågor. Jag frågade var alla skator kommer ifrån, och var vi hamnar sedan. Jag frågade varför stenar var tyngre än pinnar och varför himlen ständigt skiftade i färg. Jag frågade om träden kunde tänka, och varför vissa bär var giftiga. Redan när jag kläcktes var jag full av obesvarade frågor.

Ibland kunde fader Calibri ge ett svar, ibland en gissning. Ibland sa han att det var något jag själv måste ta reda på.

"Rilka är en så klok skata", hörde jag honom ibland säga.

"Hon ställer frågor som inte ens jag kan svara på."

En gång sa fader Calibri så här till mig: "Om du blir lika gammal som jag, då kommer du också att bli mycket vis, och andra skator kommer att lyssna på dig." Det var en vinterdag hemma i kvarteret, när det var barmark men ändå mycket kallt. Jag glömmer aldrig att han faktiskt sa så till mig.

Förut lyssnade alla skator på fader Calibri. Men när vi kom till Stentorget var det bara jag som fortfarande lyssnade på honom. Hektor brydde sig inte om att fader Calibri var gammal och klok. Han brydde sig bara om att själv bestämma.

Nu ska jag berätta hur det var när fader Calibri lämnade oss. Det var sent på hösten, bara en liten tid efter Vides död. Han bad Hektor att samla alla skator i den högsta linden. Först ville inte Hektor göra det, men till sist gjorde han som fader Calibri sa.

"Nu ska jag lämna er för alltid", sa fader Calibri efter att vi hade samlats. "Jag ska flyga till skogen och bygga en hydda av mossa och torra löv. Det är tungt att lämna er såhär. Men det gör mig lugn att veta att det finns en mycket klok skata mitt ibland er. Jag hoppas att ni kan tänka er att lyssna på henne, i alla fall mer än vad ni har lyssnat på mig."

Jag visste nog att fader Calibri menade mig, men jag ville inte tala om det för de andra. Jag tänkte att det bara skulle göra dem förargade. Tyvärr förstod de det ändå.

"Jaså, Rilka tror att hon är klokare än vi andra", sa Hektor. "Aldrig har jag sett en så högfärdig skata. Hon var inte ens med och skrämde bort skrikmåsarna."

Han gick fram till mig och nöp några fjädrar från min panna. Jag blev mycket förskräckt, för jag visste att det var ett märke som andra kunde se. Jag blev orolig att andra skator skulle bli rädda för mig om de såg att jag hade ett märke.

"Sluta", hörde jag Sako ropa i bakgrunden, men Hektor slutade inte.

"Flyg, Rilka. Flyg!" sa Sako, och jag flög.

Jag minns fru Carmen i gyllene eken. Hon var en klok och god skata. Hon var drottning över alla ekollon, och bestämde ensam i sin ek.

Varje höst frågade fader Calibri oss vilka som ville följa med honom till gyllene eken. Varje år svarade jag att jag ville. Ibland lät han mig följa med, och ibland tog han med sig någon annan. Han sa att jag redan var så klok, och att de andra skatorna också borde få möjlighet att lära sig av fru Carmen.

När solen var röd och ekollonen mogna samlades ett oräkneligt antal skator i gyllene eken. Utan fru Carmen hade inte så många skator kunnat samsas utan bråk och kiv. Hon såg till att alla fick äta så mycket de behövde. Den starka fick inte roffa åt sig från den svaga, och ingen fick bli utan.

Fru Carmen var både mild och hård. Hennes blick var lika skarp som dödsfågelns, men hennes hjärta var milt. Trots att vi var så många märkte hon direkt om någon orättvisa uppstod bland oss.

Resten av året bodde fru Carmen ensam på kullen där den gyllene eken stod. Då fick ingen störa henne. Hon behövde tid att tänka ut alla sina klokskaper. Först när solens strålar var sneda och röda var vi välkomna dit.

"Varför kan vi skator aldrig sluta kivas om mat och boplatser?" sa fru Carmen. "Varför är vi skator rädda för varandra? Världen är full av mat och träd. Det räcker till oss alla."

Jag var frågvis av mig. Fader Calibri hade också lärt mig att det inte var något fel i att fråga. Så jag påpekade att inte alla skator överlever vintern, och frågade hur hon tänkte kring det.

"Vintern har väl också en mage att mätta", sa fru Carmen. "Vintern tar bara så många skator den behöver. Och den som vintern har tagit behöver inte längre någon mat. På så vis blir det alltid tillräckligt med mat åt de levande."

Ibland tänker jag på hur många faror vi lever med varje dag. Dödsfåglar som spanar på oss från de höga skyarna. Klokatter och rödrävar som smyger i buskarna. Långapor som skjuter dödsskott. Andra skator som lockar oss till strid om tom ära. Men den farligaste av alla faror är kanske ändå hungern. Den smyger sig på oss, helt omärklig under rikare tider. Den gör sig osynlig när regnet driver maskarna ur jorden, eller när svamparna bryter fram ur parkens gräs. Den gör sig osynlig i tider av körsbär och mogna kastanjer, och under varma kvällar som surrar av småsurror.

Den visar sig först när våren frusit över eller sommaren torkat bort. Den visar sig vintern efter en rik sommar då kullarna varit extra stora. Den har ett sätt att suga all must ur våra magar och vingar. Den får oss att känna oss så svaga in i levern. Då blir vi lätta och tunga samtidigt. Då faller vi ner mot marken eller förs bort av vinden. Så länge vi kan låter vi ingen märka. Vi burrar våra fjädrar och fortsätter picka i det tomma. Precis när man tror att det är över hittar man ett litet frö på marken. Det har nog alla skator varit med om någon gång.

Men fru Carmen i gyllene eken lärde oss att inte vara rädda. Vad som än hände blir det alltid tillräckligt mycket mat över till de levande.

Jag minns en sak som hände en av höstarna då vi var i gyllene eken. Det kom en skata dit med en kal fläck mitt i pannan.

”Titta!” ropade någon upprört. ”Det är Marra-Marra Fläck! Hon som alltid pickar sönder andra skators ägg. Vi måste hjälpas åt att döda henne, så behöver vi aldrig mer oroa oss för att få våra ägg och bon förstörda.”

"Gör mig inte illa", ropade skatan med fläcken. "Jag är inte Marra-Marra Fläck! Elaka skator har pickat mig i pannan, det är därför jag ser ut så här."

"Hon ljuger", sa de andra skatorna. "Alla vet att Marra-Marra Fläck är en lögnerska."

Då upptäckte fru Carmen att något orättfärdigt pågick i eken. "Låt henne vara", sa hon. "Hur många gånger har ni inte redan dödat Marra-Marra Fläck, och ändå oroar ni er ständigt för era bon och era ägg."

Ibland tänkte jag på skatan som hade en fläck i pannan. Jag undrade vad som hände med henne sen.

Jag tänkte på henne särskilt mycket efter att Hektor hade pickat mig, för då såg jag själv ut som hon.

När jag blivit pickad i pannan tänkte jag på gyllene eken. Jag tänkte att det var en plats där man kunde få skydd även när andra skator kallade en för Marra-Marra Fläck.

Tyvärr var fru Carmen inte kvar där. Hon hade själv blivit en av alla de skator som funnits förut men som inte längre fanns. De enda jag träffade i eken var två bröder som hette Puts och Skrutt. De sa att eken var deras nu.

"Ni kan ändå ge mig skydd", sa jag. "Känner ni inte till fru Carmen som bodde här förut?"

Puts och Skrutt kände inte till fru Carmen i gyllene eken. De sa att eken varit tom när de kom. Därför tyckte de att de hade rätt att bestämma allt.

"Vi har bestämt att inga främmande skator ska
få äta av våra ekollon.", sa Puts och Skrutt. "Vi ska
skaffa oss varsin fru, och häcka i träden intill. Våra barn
och barnbarn och barnbarnsbarn ska få mumsa på
ekollon så mycket de vill. Men inte du. Du får inte vara
här, för du ser ut som Marra-Marra Fläck."

Himlen var lika vackert röd som den brukade vara då
vi besökte fru Carmen i gyllene eken. Men det var inte
samma när Puts och Skrutt bestämde där. Fru
Carmen bestämde bara bra saker. Hon bestämde att
inga orättvisor fick finnas, och att alla skator skulle
leva i fred. Puts och Skrutt däremot var ena riktiga
tjyvbröder tyckte jag.

Jag minns när jag återsåg den klena skatan Grumme. Det var en grå dag när jag var mycket ensam. Han satt på ett av de stora stenblocken på kyrkbacken.

"Grumme!", sa jag. "Minns du mig, Rilka? Vi umgicks en sommar för mycket länge sen." Jag påminde honom om att han bott hos oss en tid, men att han senare återvänt till sina egna vänner.

"Rilka!", sa Grumme. "Vad roligt att se dig! Du var klok redan då, men nu ser du ännu klokare ut, för nu har du fått ett klokhetsmärke i pannan."

"Det är ett sorgmärke", sa jag. "Jag har levt så länge nu att alla sorger samlas hos mig. Du vet säkert själv, eftersom vi är nästan lika gamla."

"Jag vet", sa Grumme.

Det kändes som om det gått många liv sedan den sommaren då Grumme bodde hos oss. Det var innan jag träffade Vide och fick egna ungar. Men trots att det var så oändligt länge sedan var det som om ingen tid hade gått. Det var fantastiskt att se att en så liten och klen skata som Grumme hade kunnat överleva hela den här tiden i denna farliga värld.

Jag tänkte på hur det var då. Att Grumme kommit till oss för att de andra skatorna inte hade varit snälla mot honom.

"Är de snälla mot dig nu", frågade jag försiktigt.

"Si och så", sa Grumme. "De tycker om när jag berättar roliga historier, men inte om jag råkar dra dem för långt. Dessutom retar de mig för att jag är liten och klen."

"Jag tycker i alla fall om dig", sa jag.

Grumme berättade för mig om livet på kyrkbacken. Där fanns gott om svamp och mask. Ibland kom långaporna med vackra blommor som de lade vid stenarna. Nu var allt grått, men vackra dagar glittrade det till högt i kyrkans guldtopp. Jag såg upp mot toppen, men kunde inte ens urskilja den i dimman.

De andra skatorna på kyrkbacken höll sig en bit ifrån oss. Det var bra, för då fick vi lugn och ro att tala med varandra. Grumme visade mig alla vackra kransar. Vi plockade på oss några vackra kronblad som små färgprickar i allt det grå.

Grumme ställde många frågor till mig, och jag svarade.

74

”Hur är det med din snälla bror Sako”, frågade han.

Jag sa att vi sällan talade med varandra. Han var så god vän med den elaka skatan som pickat mig i pannan.

Han frågade om min präktiga syster Rut. Jag sa att hon och Kurt flyttat mycket långt bort.

Han frågade om min modiga kusin Kritt, och jag sa att hans långapa hade dött, och att han själv givit sig in i en strid med en klokatt för att försvara en stackars sångpipa. Det var rent förskräckligt.

”Hittade du någon make”, frågade Grumme. ”Fick du många ungar?”

Jag berättade att jag hade ungefär fjorton ungar som ännu var i livet, men jag visste inte var alla bodde. Jag berättade om min make Vide, som var bra på att bygga bon, men som aldrig sa att jag hade vackra fjädrar. Nu var han alldeles död och platt.

”Fjorton ungar är ändå inte dåligt”, sa Grumme. ”Du måste ha fostrat dem väl eftersom så många lyckats överleva. Men jag förstår att du också har många sorger.”

Vi blev hungriga, så vi åt varsin snigel. Sedan satte vi oss för att fortsätta prata.

”Jag minns den sommaren när jag bodde hos er”, sa Grumme. ”Du och dina syskon och kusiner var alldeles för snälla mot mig. Jag kunde inte förstå hur ni kunde vara så snälla mot någon som är så liten och klen och pratar så mycket dumt. Det var därför jag flyttade tillbaka till de andra skatorna igen."

"Du borde ha stannat", sa jag.

"Jag vet", sa Grumme. "Men hur skulle jag ha vågat?"

Borta i sydväst hade ett hål bildats i molntäcket, och eftermiddagssolen sken in. De färgglada kronblad som vi samlat glödde nu i intensiva färger, och strålarna spelade muntert på kyrkbackens stenar.

"Jag kommer ihåg när du räddade den där gräsankan", sa Grumme. "Det var så modigt av dig."

"Utan dig hade vi aldrig flugit ner till ån", sa jag. "Då hade de säkert dränkt henne. Vem hade då tagit hand om alla de där ungarna."

"Jag skäms fortfarande för att jag föreslog att vi skulle ta en av ungarna och plocka och äta", sa Grumme. "Jag trodde inte att ni skulle lyssna på mig."

"Vet du vem fru Carmen i gyllene eken var", frågade jag. Jag berättade att fru Carmen sagt att ingen skata behövde skämmas.

"Jag vågade aldrig följa med till gyllene eken", sa Grumme. "Jag var rädd för alla andra skator som samlades där."

Jag sa att det var synd att han inte hade vågat, för nu gick det inte längre. Nu bodde bara två tjyvbröder där, som hette Puts och Skrutt.

Nästa dag var Grumme mycket sorgsen. De andra skatorna på kyrkbacken hade talat med honom, och de hade sagt att jag inte fick stanna. De ville inte dela med sig av sin mat, och de tyckte att jag såg konstig ut med min kala fläck.

"Jag önskar att jag var stor och stark", sa Grumme. "Då hade jag sagt till de andra skatorna att du får vara här hur mycket du vill. Och om jag hade varit modig, då hade jag följt dig härifrån, långt bort. Men jag är varken stark eller modig."

"Det gör ingenting", sa jag. "Jag finner min egen väg. Och jag lovar att hälsa på dig."

Jag minns den märkliga fågeln Jorike. Jag träffade henne på sommaren, året efter att jag blivit bannlyst från Stentorget. Jag var så ensam då att jag mest levde mitt liv inne i mitt eget huvud. Jag förstod mig aldrig riktigt på Jorike, men hon bröt min ensamhet ett tag.

Jag hade slagit mig ner i en av innergårdarna mitt i strukturens kärna. Byggnaderna reste sig som klippväggar på alla sidor, och högt över mig syntes himlen som en blå liten damm. Längst nere på gården fanns ett grönt skjul. Dörren stod på glänt, och jag klev in. Där i dunklet hittade jag en hel bytta med spill och slask. Trots att det var ganska slafsigt fanns det ändå en hel del där som gick att äta. Först var jag bara tvungen att sortera allting, så jag började med att lägga ut allting på marken utanför så att jag kunde studera det noggrant.

Innan jag hunnit smaka på maten kom en storkråka och störde mig. Jag gömde mig bakom krukorna i hörnet medan jag såg den äta av det goda jag så noggrant hade sorterat ut från slafset.

Medan jag tryckte bakom krukorna hörde jag skrikmåsar. Storkråkan hörde samma sak som jag och flydde. Själv stod jag kvar i mitt gömställe och väntade spänt på att skrikmåsen skulle visa sig. Jag tänkte att den också måste ha kommit för att smaka av maten som jag höll på att sortera på marken.

Då hörde jag en märklig röst, som lät som en skata men ändå inte. "Du kan fortsätta äta", sa rösten. "Det finns ingen skrikmås här. Det var jag som lät".

Jag kröp fram ur mitt gömställe och försökte se varifrån ljudet kom. Hur jag än spanade såg jag ingen skata. Men högt uppe, på en av balkongerna på den höga väggen, satt en grå fågel bakom ett galler.

"Kom!", sa fågeln. "Jag heter Jorike och är inte farlig".

Jag tog sats och flög upp till den märkliga fågeln. Det var tungt att flyga på ruggiga vingar. Jag väntade fortfarande på att höstens fina flygfjädrar skulle växa ut igen.

När jag kom närmare betraktade jag henne noggrant. Hon var varken större eller mindre än jag, bara annorlunda i formen. Hennes fjädrar var mjukt silvergrå, och hon var vit kring ögonen och pannan. Hennes näbb var svart och krökt.

"Du är väl inte en dödsfågel" frågade jag. Hennes gula irisar gjorde mig lite bekymrad.

"Inte alls", sa Jorike. "Jag är faktiskt vegetarian."

När jag bara hade vant mig vid hennes irisar såg hon ganska trevlig ut. När hon rörde sig därinne bakom gallret skymtade jag hennes klarröda stjärtfjädrar. Jag tror aldrig att jag sett några fjädrar som var så intensivt röda förut.

"Du kan få en fjäder som jag har tappat om du vill", sa hon när jag såg att jag tittade.

"Nej tack", sa jag. "Jag är en gammal skata. Det var länge sedan jag roade mig med att samla på glada fjädrar."

Jag frågade vad för slags fågel Jorike var. Men hon sa att hon inte alls var någon fågel. I själva verket fanns det inga fåglar som såg ut som hon. I stället hörde hon till långaporna. Hennes föräldrar hette Anna och Klas och bodde därinne bakom balkongen.

"De kanske har haft dig sedan du var ett ägg", sa jag. "Men någon fågel måste ju ha lagt det ägget, för långapor lägger inte ägg."

"Nej", sa Jorike. "Jag har legat i Annas mage, precis som min lillebror. Jag kom bara ut lite annorlunda."

"Kan du deras språk", frågade jag.

"Naturligtvis", sa Jorike. "Det är mitt modersmål."

Hon förklarade att hon lärt sig skators och andra fåglars språk genom att sitta på balkongen och lyssna. Hon kunde också ambulansernas språk och datorernas språk och alla möjliga andra språk som jag inte kände till, men långapornas språk var hennes modersmål. Jag var mest glad över att hon kunde skators språk så bra. Annars hade vi haft svårt att tala med varandra.

Jag ska inte förneka att jag hade mina misstankar om Jorikes tillkomst. Jag var rentav säker på att hon inte fötts av någon långapa. Jag tror faktiskt att jag förstår hur det hela måste ha gått till. Jorikes verkliga mor måste ha lagt sitt ägg i långapornas bo. Sådant händer oss skator hela tiden.

Det betydde med andra ord att Jorike var en bortbyting. Jag ville inte säga någonting om det eftersom det inte var hennes eget fel. Hon kunde inte rå för vad hennes föräldrar gjort. Och även om det skulle vara sant var det ändå väldigt oartigt att kalla någon för bortbyting.

Dessutom var det dumt att ta upp när det inte var någon stor skada i det, tänkte jag. Långaporna hade uppenbarligen inte märkt något än. Kanske lurades de av att Jorike talade deras språk så väl. Jorike verkade också snäll mot sin lillebror, som nog var långapornas egen unge. De bortbytingar som hamnar i skators bon brukar i stället puffa bort sina skatsyskon.

"Min lillebror ligger och sover nu", sa Jorike. "Han är det finaste som finns. Tyvärr pratar han inte än, men jag håller på att lära honom."

Jag frågade om hon inte kunde lära sin lillebror skators språk, så kunde jag också få prata med honom. Jorike sa att det nog skulle bli svårt eftersom han inte hade någon riktig näbb.

"Tycker du om popcorn", frågade Jorike plötsligt. "Jag kan be min mamma eller pappa poppa en skål åt oss."

"Usch, ropa inte hit en massa långapor", sa jag. "De har så obehagliga ögonvitor."

"Säg inte så om mina föräldrar", sa Jorike.

Jag bad genast om ursäkt. Jag sa att jag till och med varit vän med en långapa en gång, som hette Gunilla. Jag berättade att vi hade badat i hennes blå skål. "Jag är inte så förtjust i popcorn bara. Jag äter hellre det där som jag redan har sorterat där nere. Tack för att du skrämde bort storkråkan förresten."

"Det var så lite", sa Jorike och såg ner på det gröna skjulet. Hon sa att det var långapornas skjul. Egentligen tyckte de inte om att man la saker på marken.

Hon berättade att det brukade vara en hasp på i vanliga fall, och att det var ett misstag att dörren stått på glänt just i dag.

"Men du kan säkert komma in ändå", sa hon. "Ni skator är ju så bra på haspar."

"Det är sant att jag är ganska bra på haspar", sa jag. "Men jag ska inte gå in i skjulet om det är dina vänners mat."

Jag betraktade Jorike när hon klättrade på andra sidan gallret. Hon var en så underlig fågel. Det såg så lustigt ut när hon lade över hela sin kroppsvikt på näbben mitt i steget, som om den var hennes tredje fot. Jag hade fått ont i min näbb om jag hade tagit stöd av den så.

Plötsligt fick jag syn på en lucka i gallret som var fäst med en hasp. Eftersom ämnet nyss varit på tal ville jag visa Jorike mina haspkunskaper, så jag gick fram och började lirka.

"Låt bli", sa Jorike, oväntat hårt. "Den haspen har min mamma och pappa satt dit för att skydda mig så att inte elaka fåglar ska komma in hit."

"Varför sitter den i så fall på utsidan", frågade jag.

Jorike fnös som en riktig långapa. "Ni skator förstår inte sånt där", sa hon.

Jorike och jag var olika på många sätt, men eftersom jag inte hade så många andra vänner hände det ibland att jag besökte henne.

När hösten kom sa Jorike att vi inte kunde träffas mer. Hon tålde nämligen inte kyla, förklarade hon. Under vintern bodde hon inne i långapornas mörka lilla bo, inuti själva strukturen. Där inne var det varmt och gott sa hon. Först när det blev riktigt somrigt ute skulle hon komma ut på balkongen igen. "Möt mig här då", sa hon.

Vintern gick. Jag hade sedan länge utvecklat mina små knep och knåp för att överleva ensam i strukturen. Jag kände till så många ställen, kanske fler än någon skata. Jag visste var det hängde feta bollar i träden. Jag visste var korrarna hade sina nötförråd. Utan alla mina små kunskaper hade jag nog varit mycket hungrig.

När värmen kom igen flög jag till innergården för att möta Jorike. Det var märkligt att tänka på hur hon suttit där inne i det mörka lilla boet under hela tiden som jag flugit vida omkring. Jag tänkte på alla former och vinklar som uppenbarade sig först när man såg strukturen från ovan. Det var tråkigt att tänka på att Jorike aldrig fick se det. Jag försökte berätta om min vinter för Jorike, men det var svårt att förklara något för någon som själv aldrig sett det.

Jorike lyssnade i alla fall intresserat på allt som jag hade att berätta. Sedan berättade hon hur hon hade haft det. Hon verkade inte själv tycka att hon hade haft det långtråkigt. Hennes lillebror hade äntligen börjat tala. Han hade lärt sig massor av nya ord. Vinterkvällarna var varma och hemtrevliga inne i boet. Hon fick sitta uppe och lägga pussel med Anna och Klas till långt efter att hennes lillebror somnat. Jorike älskade att lägga pussel och att spola vatten i köket. Det var nöjen jag inte visste någonting om. Dagen innan vi träffades den våren hade hon hjälpt till att baka tårta, för då var det hennes lillebrors dag. Hon hade själv fått slicka av slickepotten.

"Snart är det min dag", sa Jorike. "Då får jag valnötstårta."

Hon berättade att hon önskade sig en kulram. Hon hade sett en så fin sådan i leksakskatalogen.

Jag förstod inte hälften av allt som Jorike berättade för mig, men jag fick lära mig mycket om långapornas hemliga liv.

Till exempel har jag lärt mig att långaporna har mycket känsliga magar. Därför måste de först kyla och sedan värma all mat innan de äter den. Därför har alla långapor en låda full med kyla och en låda full med värme inne i sina bon.

Förutom det har de en låda för alla sina tankar och drömmar och fantasier. Den tyckte Jorike mycket om att titta i. Där såg man allt som långaporna inte gjorde ute i det öppna.

I den vanliga världen gick långaporna bara fram i raka led. Men inne i den hemliga lådan kunde man se hur de slogs och sjöng och parade sig. Oftast var det en långapa som dödade en annan och sedan gömde kroppen. Sedan upptäcktes kroppen av andra långapor, som kunde lukta sig fram till vem det var som hade gjort det.

Den lådan var också bra för att lära sig ord, menade Jorike. Särskilt snuskiga ord, som hennes föräldrar aldrig skulle lära henne. "Du skulle bara veta vilka snuskiga ord jag kan", sa hon.

Hon frågade mig om jag ville lära mig några fula ord på långapornas språk. Men jag var tvungen att tacka nej.

"Vi skator är fina fåglar", sa jag. "Vi har inte ens några snuskiga ord på vårt eget språk"

"Jag är inte så mycket för snuskiga ord heller egentligen", sa Jorike. "Men ibland när mina föräldrar är hos min lillebror lyssnar de inte på mig. Det enda som hjälper då är att ropa något riktigt snuskigt, så högt jag bara kan."

Egentligen tyckte jag synd om Jorike. Långaporna hade aldrig lärt henne att flyga. De hade heller inte lärt henne att skaffa mat på egen hand. Dessutom tror jag att långaporna kände på sig att Jorikes lillebror var deras egen unge, men att Jorike inte var det.

Jag hoppas bara att de aldrig gör med henne så som vi skator gör när vi upptäcker en bortbyting i boet.

Jag minns den stora ensamheten och hur den förvandlade mig. Jag såg med andra ögon och hörde med andra öron. Ibland kändes det som om alla såg på mig och min fläck, och ibland kände jag mig helt osynlig. Grådaskorna såg mig inte längre som ett hot. De lät mig leta efter mat tätt intill dem. Krajorna lät mig söka skydd i deras skrockande flockar. Jag gömde mig bland långapornas tunnor och bland skuggor och täta snår. Jag dolde mig som om jag ruggade, även under de tider när jag hade varma vinterdun och starka flygfjädrar. Jag hade inte längre någon som kunde varna mig om fara.

Med tiden lärde jag mig att tala med mig själv. Jag berättade sagor och minnen och sjöng mina egna små sånger. Att överleva ensamheten blev en ny slags lek. Det krävde hela tiden min uppmärksamhet och nya uppfinningar. Jag åt och sov på ständigt nya ställen, ända tills jag lärt mig om alla olika platser i strukturen.

I mitt gamla kvarter var klokatten redan borta. Den hade blivit överkörd av en bullrare, och nya skator hade flyttat in. Några gamla hade också flyttat tillbaka. En dag träffade jag Titti där, Siljas unge, som alltid var så glad. Hon kände igen mig och frågade om jag inte ville slå mig till ro i min barndoms kvarter.

Jag sa att jag inte kunde. Min fläck hade inte gått bort i ruggningen. De skator som inte kände mig skulle inte låta mig stanna. Ensamheten var mitt nya hem. Mitt flyktmärke skulle aldrig blekna.

På Stentorget hade skrikmåsarna kommit tillbaka. Jag hörde på omvägar att Hektor var död. Mina syskon Sako och Rut var också döda. Likaså de flesta av mina kusiner.

Min dotter Viva bodde i ett torn. Min son Reko bodde i en park. Jag hade ett barn här och ett barnbarn där. Jag hade Grumme på kyrkbacken som jag hälsade på ibland, och Titti och Jorike som jag också ibland besökte. Men eftersom jag var så gammal var de flesta skator främmande för mig. Därför blev jag ibland kallad för Marra-Marra Fläck.

Det hände ibland att jag var tvungen att ta mat från andra skators förråd. Jag visste nästan alla gömställen i strukturen. Men jag var mycket noga med att alltid betala tillbaka efteråt.

Ofta hittade jag tillräckligt att äta på egen hand. Ibland hittade jag till och med mer än vad jag själv orkade äta. Då såg jag till att fylla andra skators förråd. Det var så roligt att se deras glädje när de upptäckte en oväntad gåva. De som verkade svaga eller hungriga hjälpte jag att överleva ännu en dag. Sedan lärde jag dem nya knep för att bli bättre på att jaga. Om jag såg ett bo som var dåligt byggt satte jag dit en egen pinne. Om jag såg ungar som fått vänta för länge matade jag dem i väntan på att föräldrarna skulle komma tillbaka. Om någon fastnat med foten hjälpte jag dem med näbben. Om någon blev retad och hånad fanns jag där till hjälp och tröst. Med tiden började alla skator känna igen mig. De kallade mig den hemliga skatan, eller den snälla skatan med fläcken. Efter något år var det inte längre någon som kallade mig för Marra-Marra Fläck. Då trodde de nog att jag inte skulle hjälpa dem mer.

Jag var glad att jag inte längre behövde vara rädd för att bli bortjagad. Ändå kändes livet så tomt. De som jag känt sedan tidigare togs en efter en. De blev rivna av rödräven eller försvann i nattens mörker. Det fanns så få kvar som visste att mitt namn var Rilka.

Det fanns en sak som alltid fick det att kännas bättre. Det var att flyga så högt jag kunde, och bli ett med den klara luften. Då var hela strukturen min. Jag kände dess vinklar och tak, dess väderstreck och vindar.

Ibland kom jag att tänka på det Boe sa en gång, om att det egentligen är långaporna som har byggt hela strukturen. Kanske hade han rätt. Kanske spelade det egentligen ingen roll, om det jag såg hade byggts upp, eller växt fram av egen kraft?

Men om han hade rätt, då önskar jag, att långaporna som kämpat så för att bygga hela strukturen, också hade kunnat se den som jag. Att de som slitit och staplat stenar hela sina liv hade kunnat skåda sitt verk så som det bör beskådas. I ljus och spel. I flykt och fläkt. Jag såg dem långt där nere, där de vandrade sina gator fram och gömde sig i sina bon. Aldrig fick de njuta av det mönster som uppstod när de tusentals bitarna och vinklarna föll på plats till en helhet.

Jag minns när jag kom till Ljusa gläntan. Det var en vår som frusit över. Snön kom tillbaka, stannade kvar, och drog ut på vår hunger.

Redan på sommaren visste jag att en hungrig vinter skulle komma. En vinter som måste sluka många skator för att överleva till vårens ljus. Jag hade levt så länge att jag kände till dess tecken. Det var stora kullar det året. Många unga och glada skator som levde i solen. De visste inte hur lite det skulle bli att dela på.

Den hungriga vintern tog mig inte. Jag visste alla små springor där mat kunde gömma sig. Jag visste att vissa saker går att äta trots att de inte verkar aptitliga. Jag försökte hjälpa de unga skatorna så gott jag kunde, men jag kunde inte hjälpa alla. Allt jag åt den vintern hade en besk eftersmak av hunger.

När våren till sist kom hann vi knappt äta oss mätta förrän allt täcktes av snö på nytt. Till slut hade jag nästan inga krafter kvar. Då förstod jag vad jag måste göra. Jag måste flyga till skogen och bygga mig en hydda av löv. Strukturens hårda mark var ingen plats att frysa och dö. Det hade fader Calibri lärt mig.

Jag flög och flög över grantopparna. Jag lämnade strukturen där alla mina minnen bodde, mot en plats som var okänd och vild.
När mina vingar gav vika för utmattningen landade jag.

Jag skulle just börja bygga en hydda när jag såg upp. Framför mig låg ett stort djur och blödde i snön. Runtomkring djuret stod tre vargar. De var större och raggigare än de vargarna som finns i strukturen.

Där fanns också fyra skator, som satt och åt obekymrat alldeles invid vargarna. De hälsade på mig och bjöd mig att äta med dem. De sa att det räckte åt oss alla.

"Tack, det är bra", sa jag. "Jag har egentligen kommit för att dö, inte för att snylta."

"Du kan få en del av mjälten så slipper du dö", sa skatorna.

De la mjälten i snön framför mig. Sedan gav de vargarna en blick som fick dem att dra sig några steg tillbaka. Jag gick fram och smakade på den söta mjälten.

"Vargarna är inte farliga", sa de. "Vi hjälper vargarna att jaga, och sedan delar vi på bytet. Vi är deras ögon, och de är våra tänder. Sen när vi har ätit oss mätta leker vi kurragömma med deras ungar."

Snart gick kraften från maten in i mina vingar. Jag förklarade att jag tyvärr måste ge mig av igen. Jag var ju tvungen att vara ensam när jag byggde min hydda. De fyra skatorna sa att jag borde stanna. De visste ingenting om att dö i skogen, men de visste hur man levde i den. Nu hade kraften från mjälten nått ända ut i mina vingspetsar, och det kändes fånigt att börja tala om hyddor.

Jag berättade för skatorna att jag hette Rilka och att jag kom från strukturen. De berättade lite om sig själva. De två äldsta var systrar ur samma kull som hette Mynta och Myrra. De andra två var deras småbröder som kläckts förra våren. De hette Mulle och Lillkritan. Även om Mynta och Myrra var äldre än bröderna var de betydligt yngre än jag. De blev mycket intresserade när de hörde hur länge jag levt. De sa att det måste vara ett speciellt märke jag har fått, som skyddade mig och lät mig leva länge.

Myrra sa att jag gärna fick bo kvar hos dem i Ljusa Gläntan. Hon sa att de gärna ville ha en äldre skata med många visdomar som de kan fråga om saker. De sa att de kunde hjälpa mig så att jag klarade det ovana livet i skogen.

Nu har sommaren kommit till Ljusa gläntan. Här skiner solen så mjukt på mossa och sten, och de ungar som kläcktes i våras har redan börjat ställa frågor. Här känner alla mitt namn, och de lyssnar så gärna på mig. De har fått mig att minnas alla de lekar jag lekte i barndomen.

Ibland är livet lustigt och lätt, och ibland försvinner jag bort i något av alla mina många minnen. Men för det mesta är jag glad.

Och om jag skulle dö nu, så gör det ingenting, för då är jag redan i skogen.